Stwffia
dy ffon hoci!

Haf Llewelyn

Gwasg
Gwynedd

08880

Argraffiad Cyntaf – Mawrth 2006

© Haf Llewelyn 2006

ISBN 0 86074 225 3

*Cyhoeddwyd ac argraffwyd
gan Wasg Gwynedd, Caernarfon*

I
SEREN A'R DDWY SIRIOL

Pennod 1

'Hitia hi! Hitia hi!' Roedd y bêl ar ei ffordd i geg y rhwyd a gwyddai Lois yn union beth roedd hi i fod i'w wneud, ond wnaeth hi ddim symud. Dim ond aros yno'n llonydd gyda'r ffon yn hofran yn hurt yn ei llaw.

'Dos i'r gôl!' bloeddiodd Miss Ellis o ganol y cae, ond roedd hi'n rhy hwyr. Llithrodd y bêl yn ara bach heibio i draed Lois, gan stopio'n dwt yng nghefn y rhwyd.

'*Yes!*' bloeddiodd Gemma. 'Three-nil, three-nil!'

'Be ddiawl wyt ti'n drio'i neud?' Roedd wyneb Julie yn biws. 'Pam na fasat ti wedi rhoi whac iddi – wyt ti'n ddall neu be?'

'Sori . . . ' mwmiodd Lois.

'*Sori!*' poerodd Julie yn ei hwyneb. 'Pam na wnei di rywbeth call efo'r ffon yna yn lle jest ei chwifio hi yn yr awyr?'

'Dwi wedi deud sori . . . ' protestiodd Lois yn flin.

Roedd yn gas ganddi hoci, roedd yn gas ganddi Miss Ellis, roedd yn gas ganddi Julie Jones ac roedd hi'n gwybod yn iawn beth fyddai hi'n hoffi ei wneud efo'r ffon hoci. 'Blydi gêm wirion . . . ' meddai dan ei gwynt. Roedd ganddi fwy o barch i'w choesau na mynd i lwybr Gemma 'Hulk' Edwards a'i ffon hoci.

'Ocê, pawb i mewn,' meddai Miss Ellis gan roi slap gyfeillgar ar gefnau Julie a Gemma. 'Gêm dda, genod. A rŵan dwi'n mynd i ddewis y tîm i fynd i Gaernarfon fory.'

Diolch byth, roedd yr artaith drosodd, meddyliodd Lois; byddai'n rhaid iddi drio ffugio llythyr er mwyn cael sgeifio'r wythnos nesaf. Gwisgodd yn sydyn a mynd am y ffreutur i aros am Jan ac Elin, ei ffrindiau.

Symudodd y ciw yn nes at y cownter ond doedd dim golwg o'i dwy ffrind. Archebodd Lois bitsa, sglods a diod o laeth pinc – roedd hi ar lwgu – yna daeth o hyd i fwrdd gwag draw wrth y ffenest. Damia'r ddwy – roedd yn gas gan Lois fwyta'i chinio ar ei phen ei hun, rhag ofn i . . .

'Sbots gei di,' meddai'r llais gwichlyd. Ie, rhag ofn i Steve Sleim ddod i'r golwg, a dyna fo'n sodro'i blât ar y bwrdd wrth ei hymyl.

'Sbots gei di'n bwyta chips fel'na bob dydd,' meddai Sleim gan stwffio byrgyr anferthol i'w geg, nes bod y sôs coch yn gymysg â phoer yn glafoerio i lawr ei ên. Sychodd ei geg â chefn ei law.

'Lle mae'r ddwy arall?' holodd rhwng cnoi a glafoerio.

'Maen nhw ar eu ffordd,' meddai Lois. Roedd hi'n

methu peidio ag edrych ar Sleim a'i geg yn llawn saim
a sôs coch, er bod yr olygfa'n codi pwys arni. Lle'r
oedd y ddwy arall? Pam na fydden nhw wedi dweud y
bydden nhw'n hwyr i ginio heddiw, yn lle 'i gadael hi
i gael cinio ar ei phen ei hun? Ac fel petai gorfod
eistedd i fwyta, neu i fethu bwyta, efo Steve Sleim
ddim yn ddigon drwg, pwy oedd yn croesi'r ffreutur
yn syth amdani ond Julie a Gemma Hulk.

'O, bechod! Edrych, Gemma – maen nhw'n gneud
pâr bach neis, yn tydyn?' meddai Julie gan grechwenu.

'Siwtio'i gilydd,' cytunodd Gemma Hulk. 'Uffar o
fatsh da – y "Slime bomb" a'r falwen!' A dyna'r
ddwy'n dechrau sgrechian chwerthin dros y ffreutur
nes tynnu sylw pawb – gan gynnwys Jac Pari oedd yn

ciwio am ginio efo'i ffrindiau. Cododd Lois gan adael y sglods, y pitsa a'r llaeth pinc heb eu cyffwrdd. Teimlai'r gwrid yn codi yn ei bochau a'r dagrau'n pigo rhywle yng nghefn ei llygaid. Baglodd ei ffordd allan o'r ffreutur a'r chwerthin yn canu yn ei chlustiau.

'Haia!' Roedd Elin a Jan yn dod am y ffreutur.

'Dyfala ble rydan ni wedi bod.' Roedd 'na olwg wedi'i phlesio ar wyneb Jan.

'Dwn 'im,' meddai Lois yn bwdlyd. Ble bynnag roedden nhw wedi bod, roedden nhw wedi cael amser gwell na hi, roedd hynny'n sicr. Pam ei bod hi'n gorfod cael gwersi efo Julie Jones a'i chriw, ac Elin a Jan yn cael bod efo'i gilydd o hyd? Doedd bywyd ddim yn deg.

'Newydd ddod o'r wers ddrama ydan ni,' byrlymodd Jan. 'Dyfala be!'

Roedd amynedd Lois yn diflannu'n sydyn iawn, roedd hi wedi cael bore afiach a doedd hi ddim mewn hwyl i drio dyfalu dim.

'Mi roedd 'na foi yno –,' dechreuodd Elin.

'Oddi ar ryw raglen deledu,' meddai Jan ar ei thraws. 'Maen nhw'n chwilio am bobl i gymryd rhan mewn sioe neu rywbeth!'

Roedd y ddwy wedi cynhyrfu gymaint fel na sylwodd yr un ohonyn nhw ar y gwrid ar fochau Lois.

'Wyt ti wedi cael cinio?' gofynnodd Elin, gan gofio'n sydyn eu bod nhw i fod i gwrdd â Lois yn y ffreutur. Dyna pryd y sylwodd hi fod wyneb Lois yn goch, goch. 'Be sy?' holodd.

'Dim byd!' arthiodd Lois yn ôl. Edrychodd Elin trwy ddrws y ffreutur a gweld Jac Pari a'i ffrindiau yno'n ciwio am ginio.

'O, ia, be mae *o* wedi'i neud rŵan?' Byddai Lois yn cochi bob tro y byddai Jac o gwmpas, felly roedd hynny'n esbonio pam ei bod hi wedi cynhyrfu. Roedd Jac ym mlwyddyn naw efo Dafydd, brawd Lois, ac roedd hanner merched blwyddyn saith ac wyth ar ei ôl o!

'Dim byd!' gwaeddodd Lois.

'O wel! S'im isio gwylltio! Sut aeth yr hoci?' holodd Elin, yn trio bod yn glên.

'Diawledig!' meddai Lois. Trodd ar ei sawdl ac allan â hi i chwilio am gornel fach dawel i gael pwdu mewn heddwch.

Pennod 2

Pan gyrhaeddodd Lois adref, roedd y drws wedi'i gloi.

'Dy dro di i nôl y goriad,' meddai Dafydd, ei brawd, gan sodro'i fag ysgol wrth y drws.

'Nage, fi aeth i'w nôl o ddoe,' atebodd Lois.

'Ond fi cadwodd o, felly dy dro di ydi 'i nôl o heddiw.' Eisteddodd Dafydd yn benderfynol ar ei fag ysgol.

Roedd o ddwy flynedd yn hŷn na Lois, felly doedd dim pwynt dal i ddadlau. Llusgodd Lois rownd i gefn y tŷ, rhoi cic i'r corrach gardd bychan oedd yn eistedd ar y goriad, ac yn ôl â hi i agor y drws.

Roedd nodyn ar y bwrdd:

> *Gweithio'n hwyr heno, ham yn y ffrij, pariwch datws. Peidiwch â ffraeo! Cariad,*
> *Mam x*

Taflodd Lois ei bag ar waelod y grisiau. Roedd Dafydd wedi cyrraedd y cwpwrdd bwyd o'i blaen.

'Tyrd â chreision i mi hefyd,' meddai wrtho.

'Hwn ydi'r paced ola,' meddai hwnnw gan chwerthin a stwffio'r creision i'w geg.

Roedd y diwrnod yn mynd o ddrwg i waeth i Lois.

Aeth ati i wneud paned gan anelu cic at ei brawd wrth basio, ond symudodd hwnnw'n sydyn a tharodd troed Lois yn erbyn y bwrdd, gan chwalu'r poteli sôs oedd yn cael eu cadw ar yr ochr i bob man.

'Edrych be ti wedi'i neud rŵan!' gwaeddodd Dafydd gan neidio'n ôl ac ymlaen rownd ochr bellaf y bwrdd, fel paffiwr yn ceisio osgoi'r gelyn. Teimlai Lois ei phen yn ffrwydro; gafaelodd yn y cadach llestri gwlyb o'r bowlen olchi llestri a'i daflu ato a glaniodd yn daclus fel maneg focsio wlyb ynghanol ei wyneb.

'Yyych . . . y!' bloeddiodd Dafydd, gyda diferion o ddŵr sinc a briwsion cornfflêcs y bore'n diferu o'i wallt. 'Aros di!' sgrechiodd, ond doedd Lois ddim yn ddigon gwirion i aros. Heglodd i fyny'r grisiau, cau drws ei llofft a gosod cadair o dan y bwlyn drws i rwystro'i brawd rhag dod i mewn. Gallai ei glywed yn rhuo, bytheirio a rhegi i lawr yn y gegin.

Rhoddodd CD ymlaen a gorwedd ar ei gwely. Roedd yn gas ganddi'r adegau pan fyddai ei mam yn gweithio'n hwyr. Doedd dim trefn ar ddim byd rhywsut. Roedd Dafydd a hithau'n gallu bod yn ffrindiau eitha da ar y cyfan, ond weithiau byddai'n ei gyrru hi'n benwan gyda'i herio. Yn enwedig ar ddiwrnod fel heddiw, pan roedd pob dim wedi mynd o chwith. Biti na fyddai Alys, ei chwaer fawr, adre. Byddai Alys yn gallu codi'i chalon, ond roedd hi wedi symud i fyw at ei chariad ers mis. Roedd helynt mawr wedi bod pan ddywedodd Alys ei bod yn mynd, a'i mam wedi gwylltio'n ofnadwy ac wedi gweiddi pethau fel:

'Taflu dy ddyfodol i'r gwynt!' a 'Gwastraffu addysg dda!' a 'Beth fyddai dy daid wedi'i ddeud?' ac yn y diwedd: 'Plis, Alys, paid â mynd . . . '

Ond mynd wnaeth Alys, i fyw at Darren i fflat bychan bach y tu ôl i Cwics. Roedd ei mam wedi bytheirio am ddyddiau ac roedd Dafydd wedi pwdu am ddyddiau. Ond wnaeth Lois ddim dangos ei bod yn poeni dim – dim ond cario 'mlaen fel petai dim byd wedi digwydd. Dim ond y tu mewn roedd Lois wedi crio, yn ddistaw bach heb i neb glywed.

Doedd dim byd yr un fath heb Alys. Roedd Lois yn gweld ei cholli hi'n fwy nag yr oedd neb yn ei ddeall. Roedd y llofft yn teimlo mor fawr a gwag hebddi. Roedd ei gwely'n dal yno, ond roedd y flanced fawr flewog a'r clustogau ffwr wedi mynd. Roedd y colur i gyd wedi mynd oddi ar y gist, a'r lluniau o Alys a'i ffrindiau wedi diflannu oddi ar y sil ffenest. Ond y sgwrsio roedd Lois yn gweld ei golli fwyaf. Gallai ddeud popeth wrth Alys.

Wrth gwrs eu bod nhw'n ffraeo weithiau, ffraeo fel ci a chath, ffraeo nes mynd ati i daflu pethau at ei gilydd weithiau ond, fel arfer, gorffen mewn ffeit glustogau fyddai'r ffraeo – a'r ddwy ohonyn nhw'n chwerthin dros y tŷ. Gallai Lois ddynwared Gemma

Hulk i'r dim: byddai'n brasgamu o amgylch yr ystafell yn gweiddi bygythiadau yn union fel Gemma, a byddai Alys yn chwerthin o waelod ei bol. Gwyddai Alys yn iawn am yr helynt a gâi hi gan Julie a Gemma, ac roedd cael dweud wrth rhywun am y ddwy yn gysur mawr.

Pan fyddai Alys yn paratoi i fynd allan efo Darren, câi Lois eistedd ar y gwely yn ei gwylio'n sythu'i gwallt yn ofalus ac yna'n araf bach yn rhoi'r colur ar ei hwyneb. Ar ôl iddi ddod adref, byddai'n sibrwd hanes y noson am oriau – pwy oedd yn mynd efo pwy, pwy wnaeth ffraeo, pwy oedd wedi gwisgo sgert rhy gwta, pwy oedd yn edrych yn dda, pwy oedd yn edrych fel tasa hi wedi benthyg blows ei nain, pwy oedd yn rêl hen g'loman . . . Oedd, roedd pethau'n go ddiflas heb Alys.

Estynnodd Lois am ei ffôn bach i yrru neges at ei chwaer – dim ond gair neu ddau i ddeud ei bod wedi cael diwrnod diflas, dyna i gyd. Pwysodd y botymau – dim byd! Pwysodd eto, ond roedd y batri'n hollol fflat. Roedd hi wedi bwriadu gyrru neges at Elin hefyd, i weld a oedd popeth yn iawn. Roedd hi'n gwybod ei bod wedi bod yn flin ac annifyr efo'i ffrind gorau, ac roedd hi'n difaru bellach.

Gwrandawodd Lois am eiliad; roedd y gegin yn dawel. Tynnodd y gadair oddi wrth y drws ac agor rhyw fodfedd arno i wrando eto. Doedd dim smic o sŵn yn unman. Mae'n rhaid fod Dafydd wedi mynd allan, felly sleifiodd i lawr y grisiau'n araf a gofalus.

Roedd y gegin fel y bedd ac aeth Lois ati i wneud brechdan iddi hi ei hun. Roedd y tatws mewn bag wrth y sinc a gwyddai y dylai fynd ati i'w pario – doedd Dafydd yn amlwg ddim am wneud. Rhoddodd y tatws yn y bowlen a nôl y pariwr ac roedd ar ganol y daten gyntaf pan ganodd y ffôn.

'Haia, fi sy 'ma,' meddai'r llais. 'Be wyt ti'n neud?'

Elin oedd yno, diolch byth! Un dda oedd Elin am beidio dal dig.

'Dyfala!' atebodd Lois. 'Pario tatws.'

'Blincin hec! Be sy wedi digwydd i *ti*?' meddai Elin wedyn.

'Wel, rhaid i rywun neud cyn i Mam ddod adre. Wela i 'run dylwythen deg o gwmpas y lle 'ma sy'n debygol o neud, felly dyna hi. Be wyt ti'n neud?' holodd wedyn, gan drio dal ati i bario gydag un llaw a dal y ffôn gyda'r llall.

'Awydd mynd am dro ro'n i, jest i weld pwy wela i. Wyt ti awydd dod i'r parc?'

'Awydd dod i'r parc?' chwarddodd Lois. 'Pam faswn i awydd gneud hynny tybed?'

'Wel, dwyt ti byth yn gwybod pwy welwn ni o dan rhyw garreg,' meddai Elin.

'O ie?'

'A meddwl ro'n i . . . '

'Fydda i yn tŷ chi mewn deng munud!' meddai Lois, gan daflu'r daten a'r pariwr yn ôl i'r fowlen.

Rhuthrodd i nôl ei ffôn bach a'i osod yn sownd wrth y weiren yn y cyntedd. Cipiodd ei chôt ac allan â hi. Stwffiodd y goriad yn ôl o dan ben-ôl y corrach bach a throi i lawr y ffordd. Roedd hi'n teimlo'n well yn barod.

Pennod 3

Roedd ogla bwyd bendigedig yn dod o gegin tŷ Elin – sglods a rhywbeth.

'Paid â bod yn hwyr!' galwodd Anti Linda o'r cefn yn rhywle. Roedd Anti Linda, mam Elin, adre drwy'r dydd felly roedd Elin yn cael ei swper yn barod iddi bob nos. 'Jami,' meddyliodd Lois.

Aeth y ddwy i lawr y stryd ac i mewn i'r parc ond roedd y lle'n wag, a dim golwg o neb yn unman.

'Welais i Dafydd ar ei feic. Roedd o'n mynd heibio i Gary a Jac Pari dwi'n meddwl,' meddai Elin.

'O!' Doedd gan Lois ddim llawer o ddiddordeb yn symudiadau ei brawd, ond roedd symudiadau Jac yn fater gwahanol.

'Ble roeddan nhw'n mynd?' holodd Lois.

'Dwn 'im, 'nes i ddim gofyn, ond mi roedd Dafydd yn deud dy fod ti'n pwdu yn dy lofft!' meddai Elin dan chwerthin. Yna cofiodd am ddigwyddiadau'r dydd a'r dyn teledu. 'Wyt ti am roi cynnig arni, Lois?' gofynnodd.

'Ar be?'

'Wel trio cael lle yn y sioe deledu, siŵr iawn. Maen nhw'n chwilio am blant ysgol i actio mewn rhyw ddrama neu'i gilydd. Chest ti ddim llythyr gan Miss Ellis?'

'Naddo, ti'n gwybod am honno,' meddai Lois. 'Tydw i ddim yn un o'i hoff bobol hi a mi 'nes i ei heglu hi o'r gampfa yn syth ar ôl hoci.'

'Ond mae pawb o flwyddyn saith ac wyth i fod i gael llythyr,' meddai Elin yn bendant. 'Mae Jan a fi am drio, mae'r llythyr i fod i mewn bore fory wedi'i arwyddo gan riant.'

'Wel dyna fo, mae hi'n ta-ta arna fi heb lythyr felly, yn tydi,' meddai Lois yn ddigalon.

Stwffiodd Elin ei llaw i boced ei chôt, tynnu darn o bapur pinc allan a'i agor yn ofalus:

Wyt Ti Eisiau Bod yn Seren?

Rydan ni'n chwilio am actorion i gymryd rhan mewn cyfres newydd! Oes gen ti sêr yn dy lygaid?

Tyrd i'n cyfarfod ni yn yr Ystafell Ddrama, Ysgol Glan Waun, Ddydd Sadwrn, 11 Mawrth am 2.00 o'r gloch.

Rho'r ffurflen hon i dy athro dosbarth gyda dy fanylion ar y cefn a gofyn i riant / gwarchodwr lofnodi isod:

—————————————

Edrychodd Lois yn ddigalon ar y papur pinc. Roedd hi wrth ei bodd yn actio ac roedd hi'n actores dda – hi fyddai'n cael y prif ran yn y ddrama Nadolig yn yr ysgol fach bob amser. Roedd hi wrth ei bodd yn y gwersi drama a bob amser yn barod i roi cynnig ar unrhyw beth. Ond sut gallai hi wneud cais y tro hwn?

'Fedra i byth gael y llythyr i mewn mewn pryd,' ochneidiodd yn ddigalon. 'Mae Mrs Eben Drama i ffwrdd tan ddydd Gwener, felly sut ga i gopi o'r llythyr i Mam gael ei lofnodi?'

Aeth y ddwy i eistedd ar y siglenni am sbel i feddwl. Yna cafodd Elin syniad. Roedd siop y gornel yn dal ar agor tan saith.

'Faint o'r gloch ydi hi?' gofynnodd Elin.

'Pum munud i saith,' atebodd Lois. Neidiodd Elin oddi ar y siglen.

'Ty'd!' bloeddiodd, a dechrau rhedeg fel milgi am giât y parc. 'Oes gen ti bres?' galwodd dros ei hysgwydd ar Lois oedd yn trio'i gorau i'w dal.

'Ble 'dan ni'n mynd?' gofynnodd.

'I neud llungopi, siŵr iawn. Ty'd o'na.'

'Ond does gen i ddim pres!' meddai Lois dan duchan, ond doedd Elin ddim fel petai hi'n clywed. Rhedodd y ddwy i lawr y stryd, dros yr afon, heibio'r ciosg, ar draws y cae pêl-droed (heb hyd yn oed edrych ar y bechgyn), dringo dros glawdd gardd Miss Thomas-Lloyd, allan drwy'r glwyd fach bren a rhuthro at ddrws Siop y Gornel jest fel roedd Mr Ahmed yn cau'r drws.

'O! Plîs gawn ni ddod i mewn?' ochneidiodd Elin.

'Ro'n i ar fin cau,' meddai Mr Ahmed, ond yna gwenodd ac agor cil y drws. Rhuthrodd y ddwy heibio iddo ac at y llungopïwr, ond roedd hwnnw'n dywyll fel bol buwch.

'Sori ferched, mae'r llungopïwr i ffwrdd tan fory,' meddai Mr Ahmed.

'Ond mae'n *rhaid* i ni lungopïo'r llythyr 'ma heddiw!' meddai Lois.

'Ydi o'n bwysig iawn?' holodd Mr Ahmed.

'Ydi, sobor o bwysig,' meddai Lois, ac aeth yn ei blaen i ddeud hanes y llythyr wrtho. O'r diwedd, cytunodd Mr Ahmed i aildanio'r llungopïwr. Chwiliodd Lois trwy'i phocedi a dod o hyd i ddarn dwy geiniog; cafodd Elin hyd i ddarn pum ceiniog, felly dim ond tair ceiniog yn brin oedden nhw. Ysgydwodd Mr Ahmed ei ben yn ddigalon, er bod ei lygaid yn gwenu.

'Talwch fory, ferched,' meddai, cyn cau'r drws a throi'r arwydd bach i ddeud fod y siop – yn bendant – ar gau.

'*Yes!*' bloeddiodd Lois. Roedd y llythyr ganddi. Dim ond llofnod Mam fyddai ei angen rŵan cyn mynd â fo i Miss Ellis yn y bore. Cerddodd y ddwy heibio tŷ Miss Thomas-Lloyd ar eu ffordd yn ôl, ac wrth fynd trwy'r cae pêl-droed bowndiodd y bêl ar draws y cae a stopio'n dwt wrth eu traed. Edrychodd Lois i fyny; roedd Dafydd yn bloeddio arni i gicio'r bêl iddo fo ond ym mhen arall y cae, wrth geg y gôl, roedd Jac.

'Fa'ma, Lois, taran iddi!' bloeddiodd hwnnw, a heb feddwl ddwywaith rhoddodd Lois homar o gic i'r bêl. Disgynnodd y bêl wrth droed dde Jac a dyna hwnnw'n ei hyrddio'n syth i gefn y rhwyd.

'*LOIS!*' sgrechiodd ei brawd gan neidio i fyny ac i lawr yn wyllt gacwn. 'Be ddiawl wyt ti'n drio'i neud?'

'*Nice one*, Lois!' meddai Jac, a fflachio'r wên ddela 'rioed tuag ati. Teimlodd Lois ei thu mewn yn cynhesu i gyd a throdd yn hapus am giât y cae pêl-droed. Roedd y llythyr yn saff yn ei phoced a gwên Jac yn saff yn ei chof.

'Diolch am fy helpu i,' meddai Lois wrth adael Elin, a rhedodd fel gafr ar daranau yr holl ffordd adre.

Roedd y golau ymlaen, felly mae'n rhaid fod ei mam adre. Agorodd y drws ac roedd ogla swper yn llenwi'r tŷ.

Rhuthrodd Lois i'r gegin a stwffio'r llythyr dan drwyn ei Mam. 'Mam, 'nei di arwyddo hwn?'

'Helô, neis dy weld di hefyd!' meddai Mam, gan edrych ar y llythyr.

'Wyt ti'n meddwl fod gen i siawns?' holodd Lois, wedi i'w mam gael cyfle i'w ddarllen.

'Dwn i ddim, mi fydd 'na gannoedd wedi trio mae'n debyg,' meddai Mam wrth ei arwyddo. 'Ond mi fydd yn brofiad da i ti, Lois; waeth iti roi cynnig arni ddim.'

Dyna ateb Mam i bob dim, 'Mi fydd yn brofiad da i ti.' Plygodd Lois y llythyr yn ofalus a'i roi yn ei bag ysgol, rhag ofn iddi ei anghofio.

'Mae Alys wedi bod yma,' meddai Mam. 'Arhosodd hi ddim yn hir, dim ond dod i nôl rhyw betha.'

'Oedd Darren efo hi?'

'Oedd, yn y car. Wel, mi ddoth i mewn am funud i helpu Alys i gario'i stwff.'

'Ddwedodd hi pryd fydd hi'n dod adre nesa?' holodd Lois.

'Nos Wener, ar ôl aerobics, mae'n debyg.'

Aeth Lois allan i'r cyntedd i nôl ei ffôn bach i yrru neges at Alys; mi fyddai'r ffôn wedi cael amser i jarjo erbyn hyn. Edrychodd y tu ôl i'r cwpwrdd wrth y soced drydan, ond doedd dim golwg ohono. Oedd hi wedi'i roi yno cyn cychwyn allan? Mae'n rhaid ei bod hi, achos roedd y weiren yn dal yno, ond fedrai hi ddim bod yn hollol siŵr chwaith. Aeth i fyny i'r llofft i chwilio ond doedd o ddim yno. Aeth i lawr i'r cyntedd eto. Na, doedd dim golwg o'r ffôn.

'Mam, wyt ti wedi gweld fy ffôn i yn rhywle?'

'Naddo wir, ond mae ganddoch chi'ch dau gymaint o lanast, Lois, does ryfedd dy fod ti'n colli dy betha bob munud.' Roedd Mam ar gefn ei cheffyl unwaith eto. 'A be ddigwyddodd i'r tatws? Dim ond un daten oedd wedi'i phario!'

'Sori,' meddai Lois, ond doedd hi ddim yn poeni'n ormodol; byddai'r ffôn yn siŵr o ddod i'r golwg. Roedd y diwrnod yn gwella wrth fynd yn ei flaen – wedi'r cyfan, roedd Jac wedi gwenu arni!

Pennod 4

Roedd hwyliau da ar Miss Ellis, gan ei bod wedi dewis ei thîm i fynd i Gaernarfon i'r twrnament hoci.

'Felly cofiwch eich cit a'r ffurflen ganiatâd gan eich rhieni, a phecyn bwyd. Iawn, wela i chi fory,' meddai, gan godi'i bag ac anelu am y drws.

Roedd y dosbarth yn swnllyd: merched y tîm hoci wedi cynhyrfu'n lân ac yn brolio ar dop eu lleisiau eu bod nhw'n mynd i chwalu gweddill timau'r sir yn hawdd. Rhuthrodd Lois ar ôl Miss Ellis a'i dal fel roedd hi'n cychwyn i lawr y coridor.

'Miss, ga i roi hon i chi?' meddai, gan estyn y ffurflen binc.

'Beth ydi hi?' holodd Miss Ellis yn siarp fel petai stopio i siarad efo Lois yn ormod o drafferth.

'Llythyr i ddeud mod i'n cael dod i'r ysgol ddydd Sadwrn i gyfarfod efo'r criw teledu,' meddai Lois yn dawel. Edrychodd Miss Ellis i lawr arni am funud fel petai hi'n mynd i ddeud rhywbeth sbeitlyd ond newidiodd ei meddwl.

Cipiodd y ffurflen o law Lois a'i tharo yng nghrombil ei bag heb edrych arni.

'Iawn,' meddai'n swta ac i ffwrdd â hi, a'i thrainers yn gwneud sŵn sticio yr holl ffordd i lawr y coridor.

Canodd y gloch a rhuthrodd Lois i'r neuadd i'r gwasanaeth. Cafodd le i eistedd wrth ymyl Elin a Jan.

'Roist ti'r llythyr i mewn?' sibrydodd Elin.

'Do,' meddai Lois. 'Wyt ti'n dod hefyd, Jan?'

'Pwy sy'n sibrwd yn y rhes gyntaf 'na?' rhuodd Drac Davies oddi ar y llwyfan. Neidiodd Lois; doedd Drac Davies ddim yn ddyn i'w groesi. Yna teimlodd rywun yn cicio cefn ei chadair. Ceisiodd ei anwybyddu, ond cafodd ei chadair hergwd arall. Trodd rownd yn sydyn i weld wyneb sbotiog Steve Sleim yn crechwenu arni.

'Ffansïo dy hun yn dipyn o ffwtbolar, wyt?' sibrydodd hwnnw rhwng ei ddannedd. 'David Beckham, watsia dy hun!'

'O, cau dy geg!' meddai Lois a throi'n ôl i wynebu'r llwyfan, ond roedd llygaid barcud Drac Davies wedi aros arni.

'Lois Jones a Steven Williams, i fy stafell i amser egwyl!' rhuodd Drac nes bod y neuadd i gyd yn crynu. Suddodd calon Lois a theimlai ei bochau'n llosgi'n wenfflam.

'Fedran nhw ddim gadael llonydd i'w gilydd, na fedran, Gemm!' meddai Julie wrth basio Lois a Sleim yn y coridor. Roedd y ddau yn gorfod sefyll y tu allan i ddrws stafell y dirprwy drwy amser egwyl, ac roedd hynny wrth fodd calon Julie a Gemma Hulk, wrth gwrs.

'O, maen nhw wrth eu bodd. Pam na afaeli di yn ei llaw hi, Sleim?' meddai Gemma Hulk.

'O mi rwyt ti mor gorjiys, Sleim! Dwi wrth fy modd yn rhedag fy nwylo trwy dy wallt seimllyd di!' mwmianodd Julie.

A dyna'r ddwy yn swagro i lawr y coridor gan wneud sŵn swsian ar gefnau'u dwylo a sgrechian chwerthin. Byddai Lois wedi rhoi unrhyw beth am i'r llawr agor a'i llyncu, ond canodd y gloch a dyna'r artaith ar ben. Rhuthrodd i nôl ei bag i fynd i'w gwers fathemateg. Clywodd sŵn y tu ôl iddi ac edrychodd yn ei hôl i weld cip ar Jac yn aros i siarad efo Steve Sleim; gwelodd Jac yn codi'i fys yn fygythiol cyn sibrwd rhywbeth tebyg i 'gad lonydd' yng nghlust Sleim. Doedd hi ddim am ddangos ei bod hi'n gwrando, felly sleifiodd yn ddistaw i lawr y coridor a fu hi erioed mor falch o weld llond bwrdd du o syms yn aros amdani.

Roedd Elin, Jan a Lois ar eu ffordd i'r ffreutur pan welson nhw griw mawr o bobol wedi aros wrth yr hysbysfwrdd. Roedd yno boster yn sôn am y gyfres deledu a'r clyweliadau ac yno, reit yn y blaen, safai tair o ferched blwyddyn wyth yn giglo a sibrwd.

'Ti'n siŵr o gael rhan, Sara,' meddai Mari, ffrind gorau Sara.

'Wyt, Sara. Be wyt ti'n mynd i wisgo?' gofynnodd un arall o'i chriw. Safai Sara yn y canol, wrth ei bodd gyda'r holl sylw. Roedd hi'n ferch ddel, ond yn gwybod hynny ac yn gwneud i bawb redeg iddi fel cŵn bach. Doedd Lois erioed wedi siarad efo hi ond byddai Dafydd yn sôn amdani weithiau, fel un o'r criw o ferched fyddai'n dod i'w gwylio nhw'n chwarae pêl-droed.

'Dwi'm yn gwybod,' meddai Sara. 'Jîns ella, neu mae gen i sgert mini newydd . . .' ychwanegodd gan daflu'i gwallt hir melyn yn ei ôl dros ei hysgwyddau.

'Ydi *o* yn trio?' holodd un o'r merched wedyn.

'Na, does ganddo fo ddim diddordeb, dim ond mewn pêl-droed,' meddai Sara'n ysgafn.

'Dim ond pêl-droed *a ti*, Sara!' meddai Mari fel carreg ateb.

Gwyddai Lois yn iawn am bwy yr oeddan nhw'n sôn a suddodd ei chalon. Doedd ganddi ddim gobaith tynnu sylw Jac os oedd hon yn y ras. Roedd Lois yn gwybod fod Sara ar ôl Jac ers pan roedd hi wedi dod i Ysgol Glan Waun, ac roedd hi hyd yn oed wedi bod yn dawnsio efo fo yn y disgo Dolig. Roedd Sara wedi dod i'r disgo yn edrych yn ffantastig. Roedd hi wedi bod yn siopa dillad yn arbennig ac roedd ei mam wedi prynu llwyth o rai iddi gael dewis ohonyn nhw. A dyma hi rŵan yn mynd i drio am ran yn y sioe deledu. Pa obaith oedd ganddi hi, Lois, yn erbyn rhywun fel Sara?

Trodd Sara a rhoi ei breichiau trwy freichiau ei dwy ffrind.

'Be ddylwn i ganu, 'dach chi'n meddwl?' gofynnodd gan fflachio'i gwên berffaith.

'O! Rhywbeth gan Britney Spears . . . ti'n dynwared Britney'n ffantastig,' grwniodd Mari.

'Ie, Britney . . . ffantastig,' grwniodd y llall.

Y funud honno daeth Dafydd a Jac Pari heibio a dechreuodd Sara a'r merched giglo a sibrwd eto, ond mynd heibio i'r tair wnaeth y ddau fachgen. Yna trodd Jac a galw dros ei ysgwydd:

'Diolch am y pas neithiwr, Lois!' meddai cyn diflannu rownd y gornel.

Aeth Sara'n dawel am funud a doedd ei dwy ffrind ddim yn siŵr iawn beth i'w ddweud; teimlai Lois ei bochau'n mynd yn goch, goch. Yna trodd Sara i edrych ar Lois, Elin a Jan ac roedd ei llygaid yn oer a chaled.

'A pham 'dach chi'n edrych ar hwnna?' arthiodd gan bwyntio at y poster. 'Gobeithio nad oes yna 'run

ohonoch chi'n meddwl trio, yn enwedig ti, Lois Jones!' ychwanegodd gan chwerthin yn sbeitlyd.

'Does gen *ti* ddim gobaith!' meddai un o'r ffrindiau. 'Chwilio am *dalent* maen nhw, ddim am jôc!' A brasgamodd y tair i ffwrdd, â'u trwynau yn yr awyr.

Roedd stumog Lois yn troi. Oedd, roedd Jac wedi siarad efo hi – ond beth am Sara? Doedd arni ddim angen mwy o elynion a, chwarae teg, doedd hi ddim wedi gwneud dim byd i achosi i Sara edrych arni mor oeraidd. Roedd bywyd mor annheg, meddyliodd. Na, doedd hi'n sicr ddim angen cael Sara a'i giang am ei gwaed hi – roedd Julie a Gemma Hulk yn hen ddigon.

Pennod 5

'Pam fod yn rhaid i ti fod ynghanol pob helynt o hyd?'
arthiodd Dafydd ar ei chwaer. Roedd o newydd ddod
i mewn i'r gegin ar ôl bod yn y parc a doedd o ddim
mewn tymer dda. Roedd Sara a'i chriw wedi bod yn
taranu am Lois, gan ei chyhuddo o bob dim dan haul.

'Hy, pwy mae dy chwaer fach di'n meddwl ydi hi?'
roedd Sara wedi gofyn. 'Jest am ei bod hi'n arfer cael
actio'r prif ran yn y ddrama Dolig, dydi hynny ddim
yn deud ei bod hi'n gallu actio!'

'God, mae hi'n meddwl ei bod hi mor cŵl . . . '
meddai un o'r lleill.

Wnaeth Dafydd ddim aros i wrando ar ragor; doedd
o ddim yn rhy hoff o Sara er bod yn rhaid cyfaddef ei
bod hi'n andros o bishyn! Ond roedd o'n flin efo Lois;
dim ond ym mlwyddyn saith oedd hi ac roedd hi wedi
tynnu helynt i'w phen yn barod. Yn waeth na hynny
roedd pawb yn gwybod ei bod hi'n chwaer fach iddo
fo, felly roedd yntau'n cael ei dynnu i mewn i'r
helynt. A rŵan roedd Jac Pari'n dechrau cymryd sylw
ohoni hefyd!

'Pam fod yn rhaid i ti dynnu pawb i dy ben?'
gofynnodd Dafydd eto.

'Be wyt ti'n feddwl?' holodd Mam, oedd yn brysur yn paratoi swper. 'Pa helynt?' holodd yn flinedig. 'Be wyt ti wedi'i neud, Lois?'

'Dim byd!' protestiodd Lois. 'Be wyt ti'n feddwl, Dafydd? Dydw i ddim mewn helynt!'

'Hy, pam fod Sara'n dy alw di'n bob enw ta?'

'Pwy ydi Sara,' gofynnodd Mam, 'a pham ei bod hi'n flin efo chdi, Lois? Be wyt ti wedi'i neud?'

Roedd gan Lois awydd gweiddi dros y gegin nad oedd hi wedi gwneud dim, ond wnaeth hi ddim. Roedd rhywbeth ynghylch wyneb ei mam heno oedd yn gwneud iddi deimlo'n anniddig rhywsut.

'Dydw i ddim wedi gneud dim byd o'i le, Mam, dwi'n addo,' meddai Lois yn dawel. 'Dydi hi jest ddim yn licio'r ffaith 'mod i'n trio cael rhan yn y sioe deledu.'

'Gwranda – tria gadw allan o helynt!' meddai Mam gan ochneidio, cyn troi'n ôl at y stof.

Fflachiodd Lois un edrychiad 'Mi-ga-i-di'n-ôl' ar ei brawd, cyn baglu ei ffordd i fyny'r grisiau. Roedd hi eisiau ffonio Elin, felly aeth at y bwrdd bach wrth ochr ei gwely ond, wrth gwrs, doedd ei ffôn ddim yno. Cofiodd yn sydyn nad oedd hi byth wedi datrys dirgelwch y diflaniad. Mae'n rhaid mai Dafydd oedd wedi mynd â fo – roedd o'n gwneud hynny weithiau pan nad oedd ganddo arian yn ei ffôn ei hun. Rhuthrodd i dop y landin a bloeddio:

'Dafydd, lle wyt ti wedi rhoi'n ffôn i?'

'Dydw i ddim wedi cyffwrdd dy hen ffôn di!'

Rhuthrodd Lois i lawr y grisiau ac i mewn i'r gegin, 'Mae'n rhaid mai ti sy wedi mynd â fo! Dwi wedi chwilio ym mhob man!' Roedd ei llais yn mynd yn uwch ac yn uwch.

'I be fuaswn i eisiau dwyn dy ffôn stiwpid di?' meddai Dafydd yn ddiamynedd. 'Mae gen i un llawer gwell na'r fricsan yna sy gen ti!'

'Wnewch chi'ch dau stopio ffraeo!' meddai Mam. 'Paid â gweiddi, Lois. Ella dy fod ti wedi'i adael o'n rhywle . . . yn nhŷ Elin ella?'

'Ond dydw i ddim wedi bod yn nhŷ Elin,' meddai Lois.

'Do, mi roeddet ti efo Elin neithiwr,' meddai Dafydd. 'Achos mi ddaethoch chi'ch dwy i'r parc wedyn a difetha'n gêm ni. Ti jest yn boen, Lois!' ychwanegodd, gan roi hergwd i un o glustogau'r soffa.

'Wyt ti wedi gofyn i Elin?' holodd Mam yn dawel.

Ond doedd Lois ddim yn gwrando, roedd hi'n gwybod ei bod hi wedi gadael ei ffôn yn y cyntedd i jarjo, a rŵan doedd dim golwg ohono yn unman. Mae'n rhaid fod a wnelo hyn rywbeth â Dafydd, ond roedd hi'n amlwg nad oedd o am gyfaddef.

Doedd yna fawr o sgwrs rhwng y tri o amgylch y bwrdd swper. Doedd Dafydd a Lois ddim am siarad efo'i gilydd ac roedd Mam yn bell i ffwrdd yn ei byd

bach ei hun. Gofynnodd Lois iddi am rywbeth sawl gwaith: pasio'r sôs unwaith, gâi hi frechdan dro arall, a chael dim ateb o gwbwl.

'Ydi Alys yn dod yma am swper nos fory?' gofynnodd Lois.

'Y . . . ?'

'Ydi Alys yn dod yma ar ôl aerobics?'

'Dwn i ddim wir,' oedd unig ateb Mam, yna cododd yn sydyn a dechrau clirio'r bwrdd cyn i Dafydd a Lois orffen bwyta.

Gobeithiai Lois yn arw fod Alys am ddod heibio – roedd arni angen ei chyngor ar beth i'w wisgo ar gyfer y clyweliad dydd Sadwrn efo'r criw teledu. Roedd pawb oedd am roi cynnig arni yn cael dewis beth i'w wneud: canu cân neu adroddiad o'u dewis nhw, neu actio rhan o sgript oedd wedi ei pharatoi gan y criw teledu. Doedd Lois ddim yn siŵr beth i'w wneud; roedd hi'n rhy hwyr i fynd ati i ddysgu dim byd newydd, felly efallai y byddai'n well iddi actio'r sgript oedd wedi'i pharatoi. Mi fyddai hi wedi hoffi medru trafod y peth efo Alys. Efallai y byddai hi'n ei ffonio'n nes ymlaen. Yna canodd y ffôn – a chyn i Lois godi roedd Mam wedi rhuthro i'r cyntedd i'w ateb, gan gau'r drws ar ei hôl.

Fedrai Lois ddim clywed beth roedd hi'n ei ddweud am ei bod hi'n siarad yn dawel, dawel. Aeth ati i orffen clirio'r llestri yna clywodd ei mam yn rhoi'r ffôn i lawr, cyn dod yn ôl i'r gegin.

'Pwy oedd 'na?' gofynnodd Dafydd.

'Y . . . ' petrusodd Mam. Cododd Lois ei phen i'w hwynebu, ond trodd ei mam yn syth am y grisiau.

'Y . . . Anti Mags,' meddai dros ei hysgwydd. 'Rhaid imi bicio allan,' meddai wedyn. 'Fydda i ddim yn hir.'

Clywodd Lois hi'n nôl ei chôt a rhuthrodd allan i'r cyntedd fel roedd ei mam yn estyn am fwlyn y drws.

'Lle wyt ti'n mynd?'

'Paid â ffraeo efo Dafydd, plîs Lois,' ymbiliodd ei mam. 'Fydda i ddim yn hir, dwi'n addo.'

Caeodd y drws yn glep, gan adael Lois yn y cyntedd yn syllu'n hurt ar ei hôl.

Pennod 6

Roedd Mam yn andros o hwyr yn cyrraedd adref, mae'n rhaid, oherwydd roedd Lois wedi syrthio i gysgu, er iddi wneud ei gorau i aros yn effro. Deffrodd gyda naid a chodi'n wyllt ar ei heistedd. Roedd y larwm wedi canu ac roedd hi'n bryd codi. Fel arfer, swatio'n ôl o dan y dillad fyddai Lois, ond heddiw neidiodd allan o'r gwely a rhuthro ar draws y landin. Gwthiodd ddrws llofft ei mam ar agor, ond roedd y gwely'n wag.

'Dafydd, deffra!' gwaeddodd, gan guro drws ei lofft. 'Dydi Mam byth wedi cyrraedd adre!'

'Y?' Doedd Dafydd ddim wedi codi'i drwyn allan oddi tan y dillad eto; doedd ganddo fo'r un larwm – Mam fyddai'n ei ddeffro bob bore. 'Y? Be? Y?' holodd yn gysglyd, ond roedd Lois wedi carlamu i lawr y grisiau cyn iddo gael cyfle i holi chwaneg.

Rhuthrodd i mewn i'r gegin a dyna lle'r oedd Mam yn eistedd wrth y bwrdd, yn yr un dillad â neithiwr, yn magu'i phaned. Edrychodd i fyny a sylwodd Lois fod ei llygaid yn goch.

'Wyt ti'n iawn?' holodd Lois.

'Yndw, cariad bach,' meddai Mam, gan frathu'i gwefus isa.

Cydiodd rhyw ofn rhyfedd yn Lois. Doedd Mam ddim yn un i grio; mynd yn dawel fyddai hi pan fyddai rhywbeth yn ei phoeni, mynd yn dawel, dawel. Dim ond unwaith y gwelodd hi ei mam yn crio erioed – rhywbeth i wneud efo'i thad, rhywbeth oedd wedi digwydd amser maith yn ôl, pan oedd Lois yn ferch fach.

'Mam, lle wyt ti wedi bod?'

'Alys,' meddai Mam. Teimlodd Lois ei stumog yn troi a'i gwddw'n sychu'n grimp. Roedd ei meddwl yn rhedeg yn wyllt i bob cyfeiriad. Teimlai'n oer, oer.

'Alys?' sibrydodd. 'Be sy wedi digwydd?' Roedd ofn dychrynllyd wedi gafael ynddi. Mae'n rhaid fod Mam wedi gweld y dychryn yn ei hwyneb oherwydd cododd yn sydyn a chroesi tuag ati. Gwenodd wên fach wan cyn rhoi ei breichiau amdani a'i gwasgu'n dynn.

'Na, na, mae popeth yn iawn. Mae Alys yn iawn,' ochneidiodd, gan bwyso'i gên ar dop pen Lois. 'Dim ond mewn 'chydig o drafferth mae hi, dyna'r cwbwl.'

'Pa drafferth?'

'O, rhywbeth i neud efo Darren . . . Dydi o ddim o bwys rŵan, Lois. Mi fydd pob dim yn iawn.'

'Be sy?' Roedd Dafydd wedi rhuthro i mewn i'r gegin, wedi hanner gwisgo a'i wallt yn sticio i fyny ar dop ei ben fel pync gwallgo.

'Be sy? Ydi Alys yn iawn?' holodd wedyn yn wyllt. Camodd Mam yn ôl at y tap i lenwi'r tegell.

'Ydi, mae Alys yn iawn. Darren sydd mewn ychydig o drafferth, rhywbeth i neud efo pres y clwb darts . . . ond mae pawb yn iawn,' meddai wedyn, gan brysuro i dorri bara i wneud brechdan i bawb. 'Ewch i orffen gwisgo ac mi fydd brecwast ar y bwrdd erbyn i chi ddod i lawr.'

Pan ddaeth Lois a Dafydd yn ôl i lawr i'r gegin wedi gwisgo, roedd Mam yn edrych yn llawer hapusach. Roedd hi wedi paratoi brechdan gig moch yr un i'r ddau ac roedd yr ogla'n llenwi'r gegin.

'Waw, grêt!' meddai Dafydd. Dim ond ar ddydd Sadwrn y byddai'n cael brechdan gig moch fel arfer, a hynny am ei fod o'n mynd i chwarae pêl-droed ac yn colli cinio.

'Diolch, Mam,' meddai Lois. Roedd hi'n braf cael Mam yn cymryd ei hamser fel hyn. Fel arfer byddai'n rhuthro fel peth wyllt o amgylch y tŷ yn ceisio cael ei phethau'n barod i fynd i'r gwaith. Dim ond cipio darn o dôst sleis sydyn, neu bowlenaid fach o gornfflêcs, fydden nhw cyn diflannu am yr ysgol.

'Wyt ti'n mynd i weithio heddiw?' gofynnodd Lois.

'Na, dwi wedi cael heddiw i ffwrdd. Ym . . . mae gen i ambell i beth i'w wneud . . . siopa ac ati,' atebodd ei mam yn dawel. Roedd yn amlwg i Lois a Dafydd nad oherwydd ei bod hi angen siopa roedd hi wedi cymryd diwrnod i ffwrdd o'r gwaith, ond ddywedodd yr un o'r ddau 'run gair.

'Pryd mae'r criw teledu 'na'n dod i'r ysgol, Lois?' holodd Mam.

Trodd Lois yn y drws, doedd hi ddim yn meddwl fod Mam yn cofio am y clyweliad. 'Wnest ti roi'r llythyr caniatâd i mewn mewn pryd?'

'Do. Wel, mi rois i o i Miss Ellis, beth bynnag,' meddai Lois.

'Well i ti holi heddiw i neud yn siŵr ei bod hi wedi'i yrru o yn ei flaen,' meddai Mam. 'Ti'n gwybod sut un ydi Miss Ellis.'

Ew, mae cael Mam adre yn braf, meddyliodd Lois. Doedd hi ddim wedi meddwl ei bod hi wedi cymryd fawr o sylw o'r llythyr, dim ond ei arwyddo cyn ei roi yn ei ôl iddi. Dyna fo, un felly oedd Mam, yn cadw popeth dan gaead rhywsut.

Pennod 7

Roedd Julie a Gemma wrthi'n sibrwd gyda rhai o ferched top y dre pan gyrhaeddodd Lois y dosbarth. Pan welson nhw Lois yn dod i mewn mi gododd sŵn y giglo a'r sibrwd yn uwch. Gallai Lois glywed ambell air: 'dwyn', 'heddlu' a *'typical'*. Teimlai ei bol yn troi a'i gwaed yn dechrau berwi. Oedd pawb yn gwybod am helynt pres y clwb darts, tybed? A be oedd y ffys beth bynnag? Doedd Mam ddim wedi sôn yr un gair am yr heddlu. Beth oedd Gemma a Julie'n ei wybod, tybed? Ond fedrai hi ddim mynd i ofyn iddyn *nhw* o bawb.

Ar hynny daeth Miss Ellis i mewn i gofrestru. Roedd hi mewn hwyliau da oherwydd ei bod hi'n mynd â'r tîm hoci i'r twrnamént y diwrnod hwnnw.

'Wyt ti'n ffit, Gemma?' holodd gan wenu'n llydan. 'Wedi polisho dy ffon, Julie?' holodd wedyn.

'Do, Miss!' atebodd Julie'n syth. Diolch byth, meddyliodd Lois, fyddai dim rhaid iddi ddiodde'r ddwy yma trwy'r dydd. Ond roedd Jan yn y tîm hoci hefyd; dim ond gobeithio fod Elin yn yr ysgol, neu mi fyddai'n unig iawn. Cofiodd yn sydyn am y llythyr a chododd ei llaw, ond roedd Miss Ellis eisoes wedi cadw'i chofrestr ac yn brasgamu am y drws.

'Dewch o'na, pawb sy'n dod efo fi. Ewch i nôl y cit o'r gampfa ac mi wela i chi o flaen y dderbynfa mewn pum munud.'

'Miss, Miss Ellis?' ceisiodd Lois gael ei sylw. 'Miss, wyddoch chi'r llythyr yna?'

'Be? Pa lythyr?' Trodd Miss Ellis i edrych arni'n ddiamynedd. 'O, ie, y llythyr. Wel, beth amdano fo?'

'Y . . . ydach chi wedi'i roi o i'r ysgrifenyddes i'w anfon ymlaen er mwyn i mi fynd i'r clyweliadau?' mentrodd Lois.

'Do, siŵr. Er, dwn i ddim i be chwaith,' meddai'r athrawes gan droi am y drws.

Gallai Lois glywed Julie a Gemma'n chwerthin a chafodd hergwd gan rywun yn ei chefn.

'Ww, mae Lois am fod yn seren ar y sgrin! Waw-i . . . wnei di sgwennu dy enw ar hwn, Lois?' gwawdiodd Julie, gan wthio llyfr maths Steve Sleim o dan ei thrwyn. Gafaelodd Lois yn y llyfr a'i daflu at Gemma oedd yn giglo y tu ôl i Julie. Trawodd y llyfr Gemma yn ei thrwyn.

'AW!' bloeddiodd honno.

'Be sy'n digwydd fan hyn?' Daeth llais Drac i lenwi'r coridor. 'Gemma Edwards, codwch y llyfr yna oddi ar y llawr, a Lois Jones, mi fyddai'n well i chi fynd i'ch gwers gyntaf cyn i chi fynd i chwaneg o helynt!'

Roedd penngliniau Lois druan wedi mynd i grynu

pan glywodd lais Drac yn bytheirio y tu ôl iddi. Fedrai hi ddim credu'i lwc na ddywedodd o air am y llyfr. Mae'n rhaid nad oedd o wedi ei gweld hi'n ei daflu.

'Iawn, Syr,' atebodd yn dawel, a chan edrych ar y llawr brasgamodd tuag at y dosbarth celf a'i gwers gyntaf.

Roedd Elin yno'n aros amdani ac aethant i eistedd yn y gornel wrth y ffenest. Tynnodd y ddwy eu gwaith celf allan o'r ffeil a nôl y golosg.

'Wyt ti'n iawn?' holodd Elin.

'Yndw, pam?'

'O, dim ond clywed rhywbeth am . . . '

'Alys?' mentrodd Lois.

'Ie, clywed Dad a Mam yn siarad bore 'ma wnes i,' meddai Elin, gan deimlo'n reit annifyr.

'Be ddeudon nhw?' gofynnodd Lois. Roedd hi'n dechrau teimlo'n flin efo'i mam erbyn hyn. Roedd hi'n amlwg fod mwy i'r stori na beth roedd hi wedi'i ddweud wrthyn nhw'r bore hwnnw.

'O, rhywbeth am Darren – fod y plismyn ar ei ôl o, rhywbeth am bres y clwb darts a . . . ym . . . o, dim byd arall.' Ond roedd Elin yn gwybod ei bod wedi dweud gormod yn barod.

'Be, oes 'na rywbeth arall?' Roedd wyneb Lois wedi mynd yn fflamgoch a theimlai'r dagrau'n dechrau pigo rhywle yng nghefn ei llygaid.

'Ym . . . na, dim byd.'

'Plîs Elin! Deud . . . ' meddai Lois yn dawel.

Gwyddai Elin na fedrai gadw dim oddi wrth ei ffrind; wedi'r cyfan, roedd Lois ac Alys yn chwiorydd ac roedd yn iawn i Lois gael gwybod beth roedd pobl yn ei ddweud am gariad ei chwaer.

'Cofia, dim ond clywed y petha 'ma dwi 'di neud, a dwi'm yn meddwl eu bod nhw'n wir!' meddai Elin. 'Ond roedd Dad wedi clywed fod y plismyn isio holi Darren am ryw betha roedd o'n trio'u gwerthu yng nghefn y Queens.'

'Pa fath o betha?'

'Dwi ddim yn siŵr – DVDs a ballu dwi'n meddwl.'

Roedd yna gant a mil o gwestiynau'n gwibio i mewn ac allan o ben Lois – oedd Darren wedi cael ei arestio? Oedd yna bethau eraill wedi eu dwyn? Oedd pawb yn y dre'n gwybod? Sut roedd pawb yn gwybod o'i blaen hi? Ble buodd Mam trwy'r nos? Ond roedd un peth yn ei phoeni'n fwy na'r un – Alys. Ble roedd hi? Oedd hi'n iawn?

Ni lwyddodd Lois i wneud fawr o waith ar ei thirlun y bore hwnnw; roedd lluniau o Darren yng nghefn car heddlu'n mynnu dod i'w meddwl o hyd. Ond yn rhyfedd iawn wnaeth Mon-het, yr athro celf, ddim arthio, dim ond edrych dros ei hysgwydd a nodio.

'Rwyt ti wedi bod yn ofalus iawn efo'r golosg 'na bore 'ma, Lois. Does dim llawer o'i ôl o ar y papur . . . ' meddai cyn symud at y bwrdd nesaf, lle'r oedd Steve Sleim wrthi'n trio creu campwaith o ddarlun o siop sglods. Paratoi gwaith ar gyfer cystadleuaeth gelf yn eisteddfod yr ysgol yr oedden nhw. 'Fy Nghynefin' oedd y testun ac roedd Steve Sleim yn gwneud llun o'r siop sglods, am mai dyna'r lle'r oedd o'n byw ac yn bod, medda fo!

'Diddorol, Steven,' meddai Mon-het. 'Cofia roi'r 'g' i mewn yn 'sgods'. Dwi'n meddwl mai 'Siop Sglods a *Sgods*' ydi'r enw cywir ar y lle!' Chwarddodd pawb. Roedd darlun Steve yn eithaf da a deud y gwir; o leiaf roedd o wedi cael syniad gwahanol i bawb arall – roedd y mwyafrif ohonynt wedi gwneud tirlun hardd o goed a mynyddoedd a chaeau gwyrdd ac ati.

'Gwreiddiol iawn, Steven,' ychwanegodd Mon-het.

Roedd hwyliau da ar bawb – byddai gwersi bob amser yn well pan fyddai rhai o'r plant i ffwrdd. Dechreuodd hyd yn oed Lois deimlo'n well ac anghofiodd am ychydig am helynt Darren a'r heddlu.

'Pawb i gadw'u pethau'n drefnus!' bloeddiodd Mon-het pan ganodd y gloch egwyl. Brysiodd pawb i gadw'u darluniau'n ôl yn y ffeiliau duon a rhuthro am y ffreutur am sleisen o dost amser egwyl.

Pennod 8

Roedd criw mawr o blant wedi ymgasglu wrth ddrws yr ystafell gerdd. Roedd y drws wedi cau a thua deg o blant yn gwthio a stryffaglio i gael cip i mewn trwy'r hollt yn y ffenest. Yna'n sydyn, daeth hyrddiad o sŵn drymiau a bas allan i'r coridor nes bod y lle'n drybowndian â rhythmau uchel, yn union fel taran, yn neidio o un wal i'r llall yr holl ffordd i lawr y coridor. Roedd y sŵn mor uchel nes ei bod hi'n amhosib clywed pa gân oedd yn cael ei chanu.

'Waw!' bloeddiodd rhai o'r bechgyn. 'Cŵl!'

'Pwy sy 'na?' holodd rhywun arall, wrth stryffaglu i geisio gael cip trwy'r ffenest.

'Rhywun yn ymarfer.'

'Dos o'r ffordd . . . '

'Pwy sy wrthi?' holodd rhywun arall.

Safodd Lois yng nghefn y dyrfa tra gwthiai Elin ei ffordd i'r tu blaen i gael sbec.

'Ti'n trio yn dwyt?' meddai rhywun wrth ysgwydd Lois. Neidiodd a throi'n wyllt i wynebu . . . Jac Pari. 'Ti'n trio mynd ar y sioe yna'n dwyt?' meddai wedyn. Teimlai Lois ei hwyneb yn mynd yn boeth, boeth a dyna pryd y sylweddolodd pwy oedd wedi cau ei hun i mewn yn yr ystafell gerdd. Sara, wrth gwrs! Sara oedd yno'n ymarfer canu un o ganeuon Britney.

'Dafydd ddeudodd dy fod ti'n trio,' meddai Jac wedyn. 'Wyt ti am ganu?'

'Ym . . . na, dwi ddim yn meddwl,' atebodd Lois yn betrusgar. Doedd hi ddim yn siŵr beth i'w ddweud. Teimlai'n swil ac anniddig, a fedrai hi ddim dweud nad oedd hi wedi penderfynu eto beth roedd hi am wneud. Roedd hi'n ddydd Iau yn barod; dim ond fory oedd ar ôl ac yna byddai'n ddydd Sadwrn, ac yn amser y clyweliadau. A hyd yn oed petai Alys yn dod adre heno, fedrai Lois ddim sôn wrthi am y clyweliad na gofyn am ei help; roedd gan Alys ddigon o broblemau ei hun, heb orfod helpu Lois hefyd!

Yn sydyn teimlai'n flinedig. Roedd gweld pawb yno'n edrych ar Sara'n ymarfer wedi tynnu'r gwynt o'i hwyliau. I beth oedd arni hi eisiau trio o gwbwl? Roedd Dafydd yn iawn, roedd hi'n tynnu helynt i'w phen o hyd. Mi fyddai'n well pe bai hi'n anghofio am y syniad gwirion o fynd ar sioe deledu. Wedi'r cyfan, pwy fyddai'n rhoi cyfle iddi hi os oedd rhywun fel Sara yn trio? Doedd ganddi ddim gobaith.

'Ym, dwi'm yn siŵr eto os dwi am drio,' meddai'n sydyn.

Erbyn hyn roedd Elin wedi dod yn ei hôl. 'Be? Dwyt ti ddim am drio?' meddai Elin yn wyllt.

'Ym, dwi'm yn siŵr . . . ella,' meddai Lois.

Ar hynny agorodd drws yr ystafell gerdd a swagrodd Sara allan, gyda'i dwy ffrind o boptu iddi fel rhyw ddau warchodwr personol.

Gwenodd a gweddi, 'Isio'n llofnod i ydach chi, ie?' Roedd hi'n mwynhau bob munud o'r sylw. Fflachiodd ei gwên berffaith ar Jac a rhoddodd fflic fach gelfydd i'w gwallt hir, melyn dros ei hysgwyddau. Ond yna sylwodd ar Lois, a sylwi hefyd ei bod hi'n sefyll yn agos at Jac, yn rhy agos o lawer. Anelodd yn syth ati a gwthio'i hwyneb ymlaen fel bod ei thrwyn yn union o flaen wyneb Lois. Rhoddodd ei dwy law ar ei chluniau. 'Wyt *ti* wedi bod yn ymarfer canu at ddydd Sadwrn, Lois?' meddai mewn llais main fel petai hi'n dynwared geneth fach bump oed. '"Iesu Tirion" wyt ti'n ganu, yntê?' ychwanegodd. Yna rhoddodd fflic arall i'w gwallt cyn gwthio heibio i Lois ac anelu am y ffreutur, gan ganu 'Iesu Tirion' yn uchel dros y coridor. Chwarddodd rhai o'r plant ac edrychodd rhai eraill yn ddirmygus ar Lois. Safodd hithau yno'n teimlo'n wirion.

'Paid â chymryd sylw,' meddai Jac, ond dilyn Sara a'r criw i'r ffreutur wnaeth yntau hefyd.

'Tyrd,' meddai Elin, 'awn ni allan i nôl fferins.'

Ceisiodd Elin ei gorau i gysuro'i ffrind, ond pan ddaeth Lois yn ôl o'r toiled cyn mynd i'w gwers Ffrangeg sylwodd Elin fod ei llygaid yn goch.

'Wyt ti'n iawn?' gofynnodd. Wyddai hi ddim beth arall i'w ddeud rhywsut.

'Yndw . . . rhywbeth yn fy llygaid i, blewyn neu rywbeth,' meddai Lois gan edrych i lawr.

'Lois, mi wnei di drio ddydd Sadwrn yn g'nei?' meddai Elin. 'Cofia'r drafferth gawson ni i gael ffurflen i ti. Fedra i ddim mynd yno fy hun, ti'n gwybod nad oes gen i obaith, ond mae gen ti. Does dim rhaid i ti ganu, nagoes; mae pawb yn deud mai ti ydi'r actores orau ym mlwyddyn saith!'

'Wn i ddim . . . ' oedd unig ateb Lois a dechreuodd y blewyn yn ei llygaid ei phoeni eto.

'Plîs?' meddai Elin.

'Ga i weld . . . ella,' meddai Lois. Doedd hi ddim eisiau siomi Elin, ond heddiw roedd hi wedi cael digon.

Llusgodd gweddill y dydd ac ysai Lois am weld hanner awr wedi tri yn cyrraedd. Roedd hi angen llonydd oddi wrth bawb a phopeth. O'r diwedd, canodd y gloch a cherddodd Lois ac Elin heibio'r parc am adref. Oddi yno gallai Lois weld y stryd o flaen ei chartref, a'r car heddlu oedd wedi parcio yno.

Pennod 9

Doedd Lois ddim eisiau agor y drws. Gallai ddychmygu'r olygfa – Alys yn eistedd ar y soffa â'i llygaid yn goch, Mam yn sefyll uwch ei phen yn edrych yn bryderus a phlismon mawr tew yn sefyll ynghanol y gegin yn dwrdio. Teimlai Lois awydd rhedeg oddi yno, ond fedrai hi ddim meddwl lle i fynd; felly, tynnodd anadl ddofn, gwthio'r drws yn agored a sefyll yn y cyntedd. Gwrandawodd yn astud, a gallai glywed lleisiau dieithr a rhywun yn chwerthin, yna cyn iddi allu symud roedd drws y gegin wedi agor a dyna lle'r oedd y plismon. Doedd o ddim yn dew nac yn dwrdio – a deud y gwir, credai Lois ei fod o'n dipyn o bishyn – ac mi roedd o'n chwerthin.

'Diolch i chi am bob dim,' meddai Mam, yna gwelodd Lois yn sefyll yno. 'Lois, tyrd i mewn – be wyt ti'n neud yn sefyll yn fan yna?'

'Haia!' meddai'r plismon gan wincio ar Lois, a theimlodd hithau ei hun yn gwrido'n syth.

'Dyma Lois, y ferch ieuenga,' meddai Mam, wrth agor y drws i'r plismon.

'Diolch i chi, Mrs Jones, a thriwch beidio poeni.

49

Rydan ni'n siŵr o ddatrys hyn, wyddoch chi.' Yna, roedd o wedi mynd.

Rhuthrodd Lois i'r gegin a dyna lle roedd Alys wrth y sinc yn golchi llestri.

'Haia, Loisi!' meddai. Roedd hi'n gwenu fel giât. Sychodd ei dwylo ar y lliain a dod draw at Lois. 'Sut oedd petha yn y "jêl" heddiw?'

'Haia, wyt ti'n iawn, Alys?' gofynnodd Lois i'w chwaer, a edrychai yn union yr un fath ag arfer. A deud y gwir, roedd hi'n edrych yn hapus dros ben.

'Yndi, popeth yn iawn – grêt. Ti isio panad?'

'Ew, ia, gwna banad ffresh, Alys,' meddai Mam wrth ddod yn ôl i mewn. 'Wel, sut aeth pethau'n yr ysgol, Lois?' gofynnodd wedyn. 'Mae Lois am drio am le ar ryw sioe deledu, Alys.'

'Pa sioe deledu?' holodd Alys.

'Dwi ddim yn siŵr, a dwi ddim yn siŵr chwaith ydw i am drio rŵan a deud y gwir,' meddai Lois. Roedd yna rhyw deimlad od yng nghefn ei gwddw; pesychodd, ond roedd y lwmp yn dal yno.

Edrychodd Mam ac Alys ar ei gilydd am funud.

'Panad!' meddai Alys yn sionc. 'Wyt ti isio brechdan neu rywbeth?'

'Dim diolch,' meddai Lois, ac aeth i eistedd at y bwrdd, ond fedrai hi ddim edrych ar Alys. Teimlai'r dagrau'n cronni yn ei llygaid.

'Be am i ni gael chips i swper fel trît bach? Mi geith Dafydd bicio i'r siop i nôl rhai, be fasat ti'n licio? Sosej? Byrgyr? Sgodyn?' Roedd llais Mam yn codi'n uwch ac yn uwch, wrth iddi drio'i gorau glas i fod yn frwdfrydig ac i wneud i'w llais swnio'n hapus ac ysgafn. Roedd Lois yn dal i eistedd wrth y bwrdd, a fedrai hi ddeud 'run gair rhag ofn i'r lwmp yn ei gwddw wneud i'w llais hi swnio'n fain ac yn wirion.

Edrychodd Alys ar ei mam gan gwneud llygaid arni dros ben Lois.

'Mi a' i i nôl y dillad oddi ar y lein 'ta,' meddai Mam, ac allan â hi.

Daeth Alys i eistedd wrth y bwrdd a gosododd y mỳg o flaen Lois.

'Ti'n licio ngwallt i 'ta? Dwyt ti ddim wedi deud dim byd. Wnest ti ddim sylwi? Highlights. Mae Mam yn deud ei fod o'n ormod.'

'Na, mae o'n ddel,' meddai Lois. Gallai deimlo'r te poeth yn llifo heibio'r lwmp yn ei gwddw ac yn ei ddoddi. Yna cododd ei phen: 'Wyt ti'n iawn go-iawn, Alys? Pam fod y plismon yma?'

'Mae hi'n stori hir, Lois, ond dydi o'n ddim byd i neud efo fi . . . dwi'n iawn, wir yr.'

'Ond pam fod y plismon yma?' Roedd Lois yn benderfynol o gael gwybod y gwir.

'Wel, mae Brooks – ti'n gwbod, dyn y Queens – yn trio rhoi'r bai ar Darren am fod 'na bres ar goll o gownt y clwb darts, ond does gan Darren ddim byd i neud efo'r peth. Beth bynnag, does dim isio i ti boeni – mi ddeudodd y plismon y basa pob dim yn iawn.'

'Ti'n berffaith siŵr nad oedd gan Darren ddim byd i neud efo'r peth?'

'Nagoedd siŵr! Jest Brooks a fo sy wedi ffraeo, dyna'r cwbwl; roedd Darren yn arfer cadw'r goriad i sêff y clwb, ond mae o wedi'i roi o'n ôl i Brooks ers dros fis beth bynnag, felly fedar Darren ddim fod wedi mynd â dim byd o'u hen sêff wirion nhw a dyna fo, diwedd y stori, iawn? Hei, be am y sioe deledu 'ma? Dwi isio clywed y manylion i gyd . . . '

Erbyn i Mam ddod yn ôl i'r tŷ roedd y ddwy chwaer yn chwerthin dros y gegin. Roedd Lois wedi dynwared Julie'n chwifio'i ffon hoci a Sara'n chwifio'i phen-ôl, wedi dweud ei hanes yn sefyll y tu allan i ystafell Drac trwy'r egwyl, a hanes y llyfr yn taro trwyn Gemma Hulk, a'r ras i gael y llythyr i mewn ar amser, a'r pryderon oedd ganddi erbyn hyn am y clyweliad ddydd Sadwrn. Roedd Lois fel petai hi wedi tywallt holl broblemau'r wythnos yn un twmpath blêr ar fwrdd y gegin a theimlai fod pwysau mawr wedi codi oddi ar ei hysgwyddau.

'Ydach chi'n barod am swpar?' holodd Mam.

'Sglods? Ydan!' gwaeddodd Lois, ac aeth i chwilio am Dafydd.

Newydd orffen eu sglods roedden nhw pan ganodd cloch y drws.

'Mi a' i,' meddai Dafydd gan lamu ar ei draed. Roedd o, hyd yn oed, mewn hwyliau da. Am unwaith mi oedd o wedi cytuno i nôl y sglodion heb gwyno ac wedi llwyddo i ddod â phob peth roedd pawb ei eisiau o'r siop, heb adael bwyd neb ar ôl fel roedd o'n tueddu i wneud.

Ond pan ddaeth yn ei ôl o'r drws roedd y wên wedi diflannu. 'Darren,' meddai'n swta.

Neidiodd Mam ar ei thraed ac aeth pawb yn dawel wrth i Darren gerdded i mewn. Cododd Alys a gafael yn ei phlât a throi i'w wynebu.

'Haia, pob dim yn ocê, yndi?' meddai Darren, yn rhy sionc rhywsut. Safodd yno ar ganol llawr y gegin heb wybod beth i'w wneud.

'Gymri di banad efo ni rŵan, Darren?' gofynnodd Mam. Tipical, meddyliodd Lois – dyna ateb ei mam i bob dim. Os oedd yna unrhyw sefyllfa anodd neu chwithig yn codi, y peth cyntaf a wnâi ei mam oedd rhuthro am y tegell.

'Y! Na, dim diolch. Y . . . well i ni fynd, Al,' meddai gan symud ei bwysau o un droed i'r llall a chwarae'n swnllyd efo goriadau'r car. Roedd yn gas gan Mam glywed pobl yn galw Alys yn Al.

'Ddoi di draw nos fory i gael swper, Alys?' gofynnodd Mam yn dawel. 'Mae croeso i tithau hefyd, Darren,' meddai wedyn yn dawelach fyth.

Wnaeth Darren ddim ateb.

'Ia, iawn, mi ddo i draw,' meddai Alys, gan orfodi'i llais i fod yn ysgafn. 'Mi fydda i isio gwybod be fyddi di wedi'i ddewis i wisgo a ballu, yn byddaf, Lois,' ychwanegodd wrth fynd drwodd i nôl ei chôt. 'Hwyl . . . ' ac roedd hi wedi mynd.

Pennod 10

Pan ofynnodd Dafydd iddi oedd hi isio dod i'r parc efo fo, gwyddai Lois ei fod o'n credu bod pethau'n ddifrifol iawn.

'Be wyt ti'n feddwl o'r helynt 'ma?' gofynnodd Dafydd yn syth ar ôl cau'r drws. 'Wyt ti'n meddwl fod Darren wedi dwyn y pres 'na?'

'Dwi ddim yn gwybod, ond dwi ddim yn ei licio fo beth bynnag, ond wedyn . . . mae'n rhaid ei fod o'n hen foi iawn neu fyddai Alys ddim yn aros efo fo,' meddai Lois yn ansicr.

'Dwi'n meddwl fod 'na rywbeth yn od ynghylch y peth,' meddai Dafydd. 'Roedd tad Jac wedi deud ers tro fod 'na rywun â'i bawen ym mocs pres y clwb yn y Queens ond fod pawb yn methu dallt sut, gan fod y goriad gan y bòs – a fasa hwnnw ddim yn dwyn o'i glwb ei hun, na fasa?'

'Na, dydw inna ddim yn dallt chwaith,' meddai Lois. 'Ond fasa Alys ddim yn aros efo Darren tasa fo'n lleidr . . . na fasa?'

'Dydi Alys ddim yn gwybod, siŵr.'

'Hei! lle 'dach chi'n mynd?' Trodd Lois i weld Jan ac Elin yn rhedeg tuag atynt.

'O, na . . . ' meddai Dafydd, a chyflymodd yn ei flaen. Am unwaith, doedd gan Lois fawr o awydd gweld ei ffrindiau chwaith; roedd ganddi bethau pwysig i'w trafod gyda'i brawd a doedd hi ddim am rannu cyfrinachau'r teulu gyda neb arall ar hyn o bryd. Ond pan gyrhaeddodd y ddwy, roedd yn amlwg nad oedden nhw'n cofio dim am helynt Darren a phres y clwb darts. Roedd ganddyn nhw stori well o lawer i'w hadrodd.

'Hei, dyfala be!' meddai Jan yn fyrlymus. Roedd hi bron â thorri ei bol eisiau dweud hanes y gêm hoci wrth Lois.

'Pwys o de!' meddai Lois braidd yn ddiamynedd. Roedd Jan yn gallu gwneud môr a mynydd o'r stori leiaf erioed ar brydiau, a theimlai Lois yn siŵr mai stori felly fyddai hon hefyd.

'Dyfala be ddigwyddodd i Gemma Hulk heddiw!' meddai Jan wedyn.

Arhosodd Lois; efallai fod yna stori go lew ar fin dod wedi'r cwbwl.

'Mi gafodd *send off* ynghanol y gêm!' ffrwydrodd Jan. Trodd Lois i edrych arni. 'Do, wir yr, mae hi mewn helynt ofnadwy!'

'Ond pam?' gofynnodd Lois. 'Pam gafodd hi ei hel i ffwrdd 'ta?'

'O! Jyst gwranda ar hyn, Lois . . . ' meddai Elin.

'Wel, roeddan ni wedi ennill pob gêm ac yn

chwarae'n y semi-ffeinal yn erbyn uffarn o dîm calad o ochra Caernarfon yn rwla . . .'

Roedd y merched wedi cyrraedd y ffrâm ddringo erbyn hyn ac roedd Jan wrth ei bodd fod ganddi gynulleidfa mor dda i wrando ar y stori, gan fod Dafydd a Jac yn eistedd ar dop y ffrâm.

'Beth bynnag, roedd Miss Ellis yn rhedeg o un ochr o'r cae i'r llall yn gweiddi a bloeddio achos mi roeddan ni'n ennill tri i un – doedd hi ddim hanner call a deud y gwir – ond wedyn dyma'r hogan fach, fach 'ma o'r tîm arall yn rhedeg heibio Gemma fel bwlet a dwyn y bêl mwya taclus o dan ei thrwyn hi ac i ffwrdd â hi, gan adael Gemma'n syllu ar ei hôl hi. Mi wylltiodd Gemma a dyma hi'n cogio baglu dros ei ffon hoci neu rwbath; beth bynnag, y peth nesa welson ni oedd Gemma'n gorwedd ar ei chefn a'i thraed yn yr awyr a'i nicar yn y golwg. Doedd 'na neb yn cymryd sylw, er ei bod hi'n trio deud fod yr hogan fach, fach wedi'i baglu hi . . .' Roedd Jan wedi mynd i hwyliau go-iawn rŵan a phawb yn gwrando â'u cegau'n agored.

' . . . Wedyn dyma Gemma'n codi, ac roedd ei hwyneb hi fel taran ar fin ffrwydro. Dyma hi'n dechra rhedeg i lawr i gyfeiriad y gôl, ond nid rhedeg am y bêl 'nath hi – mi anghofiodd bopeth am y bêl – mi aeth yn syth am yr hogan fach a rhoi ufflon o swadan iddi ar gefn ei choesa efo'i ffon hoci.'

'Be, nath hi drio?' holodd Dafydd o ben y ffrâm.

'Wel, do siŵr iawn,' meddai Jan. 'Mae 'na dipyn o wahaniaeth rhwng pêl a dwy goes yn does? Doedd y bêl ddim yn agos, felly fedrai hi ddim dod allan ohoni. Mi aeth pawb yn ddistaw am funud, wedyn dyma'r tîm arall i gyd yn dechrau gweiddi ar y reff a ballu. Roedd yr hogan fach ar y llawr yn griddfan mewn poen, a dyma Julie'n rhedeg draw a dechra gweiddi arni hi, ond wedyn dyma gôli'r tîm arall yn dod i lawr y cae a dechrau cega ar Julie, a'r peth nesa mi roedd Julie yn sgrechian crio a'r gôli'n gafael ynddi gerfydd ei chrys . . .' Doedd Jan yn prin stopio i gael ei gwynt, ac roedd pawb yn rhythu arni â'u cegau'n llydan agored.

' . . . a-a-a wedyn mi redodd Miss Ellis yno a deud wrth Julie am gallio a stopio nadu fel babi blwydd!'

'Tipical,' meddai Dafydd. 'Be wyt ti'n ddisgwyl pan mae merched yn chwarae gêm – dydyn nhw ddim yn gallu cadw rheolaeth arnyn nhw'u hunain fel ni!'

'Hy! Merched! Dydyn nhw ddim yn gall!' cytunodd Jac, gan herio o dop y ffrâm ddringo.

'Pwy enillodd yn y diwedd 'ta?' gofynnodd Lois.

'Neb, mi wnaethon nhw stopio'r gêm a banio'r ddau dîm rhag mynd yn eu blaenau.'

'O diar,' meddai Lois. 'Doedd hynna ddim yn deg ar y gweddill ohonach chi, nagoedd?' Er cymaint roedd hi'n casáu Gemma a Julie, roedd hi'n gwybod hefyd cymaint roedd bod yn y tîm yn ei olygu i Jan a'r gweddill.

'Be ddudodd Miss Ellis wedyn?' gofynnodd Jac.

'Wel mi roedd hi'n gandryll; roedd *pawb* yn gandryll achos mi roeddan ni wedi chwalu'r tîm enillodd yn y ffeinal, felly *ni* fasa wedi ennill y twrnament!' Roedd tîm o Ysgol Glan Waun wedi ennill ddwy flynedd ynghynt ac wedi cael mynd i lawr i Gaerdydd i gystadlu a chael aros noson mewn ysgol rhywle yn y de, ac wedi cael andros o hwyl.

'Felly dydi Gemma ddim yn boblogaidd iawn heno,' meddai Elin.

'Mi ddeudodd rhai o'r lleill eu bod nhw'n mynd i'w lladd hi fory – os bydd hi'n yr ysgol – ac mi ddudodd Miss Ellis y byddai'n rhaid iddi adrodd yn ôl i'r prifathro am yr holl helynt.'

Bron nad oedd Lois yn dechrau teimlo trueni dros Gemma, ond yna cofiodd amdani'n stwffio llyfr bras Steve Sleim o dan ei thrwyn, a diflannodd y tosturi. Roedd ganddyn nhw chwaraeon fory; tybed sut byddai Julie a Gemma yn gallu wynebu Miss Ellis ar ôl yr holl syrcas? Byddai gwers chwaraeon fory yn un go ddiddorol am unwaith, meddyliodd Lois.

Soniodd neb yr un gair am helynt Darren, a synnodd Lois mor fuan yr oedd hi wedi anghofio am y peth hefyd ynghanol hwyl hanes y gêm hoci. Dringodd y bechgyn i lawr oddi ar y ffrâm a dilynodd pawb eu trwynau tuag at y siop. Roedd gan y bechgyn arian, ond er i Lois chwilio am rywbeth yn ei phoced doedd dim byd yno ond hen hances bapur a thop beiro.

Tra bu'r lleill yn y siop arhosodd Lois ar y wal tu allan. Stopiodd car du ar y gornel a daeth dyn allan ohono. Roedd hi'n ei adnabod – tad Julie oedd o. Gwyliodd o'n diflannu i mewn i'r siop. Craffodd ar y car. Oedd, roedd rhywun yn eistedd yn y sedd flaen – gwelodd gip o wyneb rhywun yn y drych ochr yn sbio arni. Cerddodd ar hyd y wal nes ei bod hi bron gyferbyn ag o – ac yno roedd Julie wedi stwffio i lawr yn ei sêt yn ceisio cuddio. Pan welodd hi Lois yn edrych arni o dop y wal aeth ati i gogio ei bod yn chwilio am rywbeth o dan y sêt, yna sythodd – a gwenu rhyw wên fach od. Wyddai Lois ddim beth i'w wneud yn iawn. Nid gwên arferol sbeitlyd Julie oedd hon, ond gwên swil, rhywsut. Gwenodd Lois yn ôl, dim ond am eiliad, cyn clywed 'ping' drws y siop yn agor a chau a'r lleill yn dod allan. Ysgydwodd Julie ei phen, cystal â dweud 'Paid â deud fy mod i yma', a rhedodd Lois yn ôl at y lleill. Roedd Jan wedi prynu tun o coke iddi ei hun a chrafodd Elin ddigon o bres i brynu loli sherbet. Prynodd Dafydd lond bag o fferins, ond doedd o ddim yn debygol o rannu dim gyda'i chwaer fach. Cerddodd pawb linc di lonc yn ôl am y parc, yna dechreuodd Dafydd, Elin a Jan rasio i fod y cyntaf i gyrraedd y ffrâm ddringo, ond cerddodd Lois a Jac yn araf ar eu holau.

'Dyma ti,' meddai Jac gan estyn paced o fferins i Lois. Wyddai hi ddim beth i'w ddweud na'i wneud i ddechrau. Yna, 'Diolch,' meddai'n swil.

'Ty'd, rasia i di!' gwaeddodd Jac, a charlamodd y ddau ar ôl y lleill.

Rhyfedd, meddyliodd Lois wrth orwedd yn ei gwely'r noson honno, rhyfedd sut roedd diwrnod fel heddiw yn gallu bod yn gymaint o gymysgfa o ddrwg a da. Roedd hi'n teimlo fel bod ar rolercôstyr, i lawr, lawr ynghanol helbulon bywyd un munud, yna'n hedfan i fyny i'r uchelfannau'r eiliad nesaf. Sut ddiwrnod fyddai fory, tybed?

Pennod 11

Roedd yr haul yn tywynnu wrth i Lois gerdded at y groesffordd i gyfarfod â Jan ac Elin. Dydd Gwener o'r diwedd! Doedd dydd Gwener ddim yn ddiwrnod rhy ddrwg yn yr ysgol, oni bai am ddos o chwaraeon ben bore. Doedd chwaraeon ddim yn ddrwg i gyd chwaith, dim ond hoci roedd Lois yn ei gasáu – a Miss Ellis, wrth gwrs. Weithiau byddai Mrs Eben yn dod atynt i wneud chwaraeon a byddai Lois wrth ei bodd bryd hynny. Roedd 'na wers ddrama ar ôl yr egwyl – ei hoff wers – a heddiw roedd Mrs Eben yn mynd i sôn am y clyweliadau a deud beth oedd y trefniadau ac ati.

'Haia!' Cyfarchodd Lois ei dwy ffrind yn sionc.

'Hwylia da ar rywun bore 'ma,' meddai Jan. 'Sgwn i pam?'

'Ie, sgwn i?' ychwanegodd Elin. 'Rhywbeth i wneud efo paced bach o fferins, tybed?'

Teimlodd Lois ei bochau'n poethi a gwyddai fod ei hwyneb yn troi'n goch. 'O, peidiwch â dechra . . .' meddai gan estyn i roi hergwd ysgafn i Elin, ond roedd yn rhaid cyfadde, roedd heddiw'n addo bod yn ddiwrnod da.

Aeth Jan ac Elin i'w dosbarth cofrestru ac aeth Lois ar hyd y coridor i'w dosbarth cofrestru hithau. Roedd Miss Ellis yno'n barod, yn eistedd tu ôl i'r ddesg yn edrych fel rottweiler wedi colli'i asgwrn. Eisteddai'n hollol syth yn ei chadair yn ysgrifennu rhywbeth yn ei llyfr bach, gan godi'i llygaid bob hyn a hyn i archwilio pawb o'i blaen. Roedd ei gwallt du wedi'i dynnu'n dynn yn ei ôl a'i glymu mewn cynffon seimllyd tu ôl i'w phen; oherwydd hynny gallai Lois weld pob rhych a llinell ar ei hwyneb – doedd hi ddim yn olygfa oedd yn gwneud i unrhyw un deimlo'n gyfforddus.

Doedd neb yn gwneud yr un smic o sŵn, dim ond eistedd yno'n dawel fel praidd o ddefaid wedi swatio yn erbyn y clawdd yn aros am y storm. Roedd hyd yn oed Gemma Hulk yn eistedd y tu ôl i'w desg yn dawel a golwg 'O! be wna i?' arni. Doedd dim golwg o Julie.

Dechreuodd Miss Ellis alw enwau pawb, a phob un yn ateb ei enw'n dawel, hyd yn oed y bechgyn, oedd fel arfer yn gweiddi'u hatebion neu'n gwneud synau gwirion. Fel roedd Miss Ellis yn gorffen, gwthiwyd y drws ar agor yn swnllyd a rhuthrodd Steve Sleim i mewn fel corwynt.

'Sori Miss, cloc larwm wedi–' Ond chafodd o ddim gorffen ei stori arferol – roedd pawb yn gwybod y stori am y cloc larwm, ond doedd neb yn chwerthin y bore yma.

'EISTEDD!' poerodd Miss Ellis, a synhwyrodd

Steve yn syth nad oedd cario 'mlaen â'i stori yn syniad da, ac y byddai'n llawer gwell iddo geisio gwneud ei hun mor anweledig â phosib.

'Rwyt ti'n hwyr am y pumed tro yr wythnos yma!' bloeddiodd Miss Ellis. 'Nid dod am y diwrnod i wersyll gwylia rwyt ti!'

'Sori, Miss,' meddai Steve, ond roedd ei eiriau fel petaent yn gwylltio Miss Ellis yn fwy byth.

'SORI? SORI?!' ffrwydrodd. 'Mi gei di "sori"!' Yna chwiliodd yn wyllt yn y drôr cyn tynnu cerdyn melyn allan ohoni.

'Dyma ti, cerdyn melyn am fod yn hwyr – faint sydd gen ti rŵan?'

'Tri; diolch, Miss,' atebodd Steve yn ansicr. Methodd un o'r bechgyn yn y cefn â dal – dechreuodd besychu'n swnllyd wrth drio cuddio'i chwerthin a bu'n rhaid iddo fynd allan i chwilio am ddiod.

'Tri – be mae hynny'n ei olygu, Steven Williams?' gofynnodd Miss Ellis.

'Cerdyn coch, Miss,' atebodd Steve yn dawel.

Ymbalfalodd Miss Ellis yn y drôr eto a thynnu cerdyn coch allan; ysgrifennodd enw Steve arno a'i daflu ar y ddesg o'i flaen.

'Dos!' gwaeddodd. 'Dos â fo i ddangos i'r prifathro – mi geith o benderfynu be ydi'r cam nesaf yn dy hanes addysgol gwych a disglair di, Steven Williams. Dos o 'ngolwg i – RŴAN!'

Heglodd Steve Sleim allan trwy'r drws cyn i Miss Ellis feddwl am ddim byd gwaeth fel cosb.

Erbyn hyn roedd pawb mor llonydd fel y byddai modd clywed symudiad adain y gwybedyn lleiaf yn y byd. Ddywedodd Miss Ellis 'run gair am rai munudau. Arhosodd pawb. Ffrwydrodd sŵn y gloch drwy'r ystafell a neidiodd Lois. Cododd Miss Ellis a sefyll o flaen y dosbarth:

'Pawb i'r gwasanaeth!' gorchmynnodd. 'Yn dawel a threfnus. Gemma, aros di ar ôl, dwi eisiau gair efo ti. Lle mae Julie bore 'ma?'

Aeth pawb allan o'r dosbarth fel llygod. Rhyfedd, meddyliodd Lois, roedd Gemma Hulk yn edrych yn llawer llai nag arfer rhywsut. Gollyngodd pawb anadl o ryddhad, ond doedd neb yn meiddio dweud fawr o ddim nes iddynt gyrraedd gwaelod y coridor, allan o glyw Miss Ellis.

'Ffiw,' meddai Lois, 'ro'n i'n meddwl ei bod hi'n mynd i boeri gwenwyn arnon ni i gyd a'n lladd ni yn y fan a'r lle!'

Chwarddodd y lleill rhyw chwerthiniad bach nerfus; roedd golwg wedi dychryn ar bawb. Aethant heibio i swyddfa'r prifathro yn dawel iawn; roedd y drws ar gau a doedd dim golwg o Steve Sleim yn unman.

'Dio'm yn deg,' meddai Aron.

'Na, biti drosto fo,' cytunodd Lois. 'Doedd o ddim yn haeddu hynna.'

Doedd gan neb lawer o amynedd gyda Steve, ond y bore 'ma roedd pawb yn teimlo i'r byw drosto. Dipyn bach o glown oedd o ac roedd gorfod bwyta cinio ar yr un bwrdd ag o yn troi stumog rhywun, ond doedd o ddim yn haeddu cael ei lusgo o flaen y prifathro oherwydd fod Miss Ellis mewn hwyliau drwg. Cerdyn coch? Wel, roedd honno'n gosb nad oedd neb o flwyddyn saith wedi'i chael eto. Tybed beth fyddai'r gosb? Doedd neb am aros o gwmpas drws y prifathro i gael gwybod.

Pennod 12

Roedd yn gymaint o ryddhad cael bod allan o olwg Miss Ellis fel nad oedd llygaid llym Drac Davies yn poeni rhyw lawer ar Lois a chriw blwyddyn saith. Canmolodd Drac ymdrechion tîm mathemateg blwyddyn un ar ddeg, a soniodd rywbeth am gystadleuaeth ysgrifennu erthygl bapur newydd. Doedd Lois ddim yn cymryd llawer o sylw – roedd hi'n rhy ymwybodol o'r ffaith fod Jac yn eistedd ddwy res y tu ôl iddi ac roedd hi'n breuddwydio am y paced fferins a'r parc, a haul a hwyl a chwerthin.

Cododd pawb i ganu neu i fwmian rhyw emyn, a drymiai Mrs Jones y piano fel petai am ei ladd. Y piano druan, meddyliodd Lois, fel petai drymio'r piano'n mynd i wneud i'r disgyblion ganu'n well, ond digon fflat oedd y canu – fel arfer.

Eisteddodd pawb yn swnllyd ac aeth Lois yn ôl i freuddwydio. Yna clywodd Drac yn dweud y byddai'n rhaid i bawb fihafio fory oherwydd fod ymwelwyr yn dod i'r ysgol. Cofiodd am y clyweliadau a dechreuodd degau o loÿnnod byw ddawnsio rhywle yn ei stumog. Edrychodd y tu ôl iddi a disgynnodd ei llygaid ar Sara; gwelodd honno Lois yn edrych arni a gwenodd yn sbeitlyd cyn rhoi pwniad i Mari a phwyntio tuag at Lois. Dechreuodd honno feimio 'Iesu Tirion' a gwneud gwyneb plentyn bach pwdlyd. Trodd Lois yn ôl i wynebu'r llwyfan ond gwyddai fod y ddwy yn giglo'n annifyr y tu ôl iddi.

Aeth Drac ymlaen i sôn pa mor bwysig oedd cynnal enw da'r ysgol, a'i fod yn dymuno'n dda i bawb oedd am roi cynnig ar y clyweliadau. Dywedodd y byddai'n falch iawn pe byddai disgybl o'r ysgol yn cael rhan yn y sioe.

'Oherwydd byddai hynny'n dod â chlod ac anrhydedd i ran yr ysgol,' meddai gan bwysleisio'r geiriau 'clod ac anrhydedd'. Yna trodd ei olygon i gyfeiriad y rhes flaen, lle roedd blwyddyn saith yn eistedd. Culhaodd ei lygaid a chwiliodd ar hyd y rhes nes daeth ei olygon i stop ar Gemma Hulk. 'A chan ein bod yn sôn am *glod* ac *anrhydedd*,' taranodd, 'mi hoffwn eich gwahodd chi, Miss Gemma Edwards, i ymuno gyda mi yn fy ystafell yn union ar ôl y gwasanaeth hwn.'

Trodd pawb i edrych ar Gemma Hulk, ond nid Gemma 'Hulk' oedd hi y bore yma ond yn hytrach cwningen fach ar fin cael ei thaflu o flaen milgi. Plygodd Lois ymlaen i edrych arni, gwelodd Gemma hi'n edrych a chrychodd ei thrwyn arni, cystal â deud, 'Ar beth wyt ti'n edrych?' Eisteddodd Lois yn ôl; na, doedd hi ddim yn haeddu tosturi wedi'r cwbwl, roedd hi'n haeddu popeth roedd hi'n ei gael.

Ar ôl y gwasanaeth aeth pawb i nôl eu cit chwaraeon, a thawel iawn oeddynt wrth fentro i mewn i'r ystafelloedd newid. Roedd dosbarth cofrestru Elin a Jan yno hefyd.

'Rydan ni i gyd yn cael chwaraeon efo'n gilydd bore 'ma,' meddai Elin.

'Pam?' gofynnodd rhywun.

'Mae Miss Ellis yn brysur yn trio sortio rhyw drafferth efo'r gêm hoci ddoe,' meddai rhywun.

'Pa drafferth?' holodd llais arall. ·

'O! Dach chi'm 'di clywed?' meddai Jan. Dim ond merched y tîm hoci a Lois ac Elin oedd wedi clywed am yr helynt, felly roedd Jan a'r lleill yn cael sylw mawr wrth ailadrodd y stori.

Chlywodd neb Mrs Eben yn dod i mewn.

'Reit, pawb wedi gwisgo?' meddai'n ddigynnwrf. Roedd pawb yn falch o weld pwy oedd am eu cymryd yn y wers ac aethant ati'n fodlon i newid. 'Dowch rŵan neu mi fydd yr amser wedi mynd – trawsgwlad y bore 'ma . . . ' Cododd pawb eu lleisiau; roedd rhai wrth eu boddau: bore o fynd am dro oedd trawsgwlad iddyn nhw. Roedd eraill yn ochneidio, gan fod cerdded ar draws y buarth i ddal y bws adre'n rhy bell i'r rhain. Ond doedd fawr o neb yn cwyno o ddifri.

Roedden nhw am gael bore tawel – doedd Mrs Eben ddim yn credu mewn gweiddi a ffraeo.

Roedd bechgyn blwyddyn saith allan yn barod, yn chwarae pêl-droed. Rhedodd y merched heibio'n gyflym; doedden nhw ddim eisiau i'r bechgyn gael cyfle i weiddi a herio. Ar ymyl y llwybr safai Steve Sleim, â bag bin du yn un llaw a ffon godi sbwriel yn y llall. Dyna oedd ei gosb, felly – cosb eitha dof am gerdyn coch, meddyliodd Lois. Roedd pawb wedi meddwl y byddai cael cerdyn coch yn golygu cyfnod o aros ar ôl ysgol. Pobl anodd eu deall oedd athrawon weithiau!

Roedd Lois wrth ei bodd ar y llwybr yma a rhedodd i lawr am y twyni. Roedd arogl heli ar y gwynt, ac er bod yr awel yn codi gronynnau bach o dywod a'u chwipio i'w hwyneb, roedd teimlo'r haul ar ei chefn yn ei gyrru 'mlaen yn gynt a chynt. Ar ôl rhedeg am sbel, sylweddolodd mai dim ond hi oedd ar y traeth. Edrychodd yn ei hôl a gweld bod un ffigwr bach yn dod yn nes ati ond roedd y lleill ymhell ar ôl, gydag ambell un dim ond newydd groesi'r twyni. Gwyddai ei bod ymhell ar y blaen. Carlamodd ymlaen gan gyrraedd ffordd y traeth a theimlo'i thraed yn taro tarmac o'r diwedd. Doedd ganddi'r un syniad ers faint roedd hi'n rhedeg, ond roedd hi'n mynd heibio'r pwll nofio ac i mewn trwy giatiau'r ysgol rŵan. Rhedodd heibio'r cae pêl-droed lle roedd y bechgyn yn dal i

chwarae. Arafodd pan welodd Mrs Eben a Mr Jones yn siarad draw wrth ddrws y gampfa. Gwelodd Mr Jones yn edrych ar ei oriawr ac yna arni hi a dechreuodd weiddi arni: 'Paid ag arafu, dal ati . . . da iawn ti, Lois!'

Yna dechreuodd Mrs Eben weiddi hefyd, 'Ty'd Lois! Dal ati!' Clywodd yn y pellter rai o'r bechgyn yn gweiddi, 'Ty'd Lois . . . Lois . . . Lois!'

Teimlai Lois yn ddryslyd; gallai glywed y lleisiau'n gweiddi a theimlo curiad ei thraed yn drybowdian ar y tarmac. Gallai weld Mrs Eben a Mr Jones yn nesáu, a'r ddau yn dal i weiddi. Yn sydyn cymerodd gip y tu ôl iddi a sylwi bod rhywun o fewn ychydig fetrau iddi – Megan! Gwnaeth un ymdrech fawr arall a chyrraedd y polyn eiliadau'n unig o flaen Megan.

'Waw . . . wyddwn i ddim dy fod ti'n gallu rhedeg fel'na, Lois,' meddai Mr Jones. 'Da iawn ti hefyd, Megan. Mae ganddon ni ddwy athletwraig o fri yn fan hyn, Mrs Eben!' ychwanegodd.

'Gwych! Da iawn chi'ch dwy,' meddai Mrs Eben. 'Mi fydd yn rhaid i ni ddeud wrth Miss Ellis am gofio amdanoch chi pan ddaw hi'n amser dewis timau'r mabolgampau.' Gwelodd Lois y ddau athro'n edrych ar ei gilydd ac yn gwenu wrth sôn am Miss Ellis.

Roedd hi'n falch ei bod wedi curo Megan. Gwyddai

pawb fod Megan yn gyflym, a hi fyddai'n ennill y ras fer bob tro. Gwenodd honno arni.

'Nefi, mi roeddet ti'n mynd ar y twyni 'na. Fedrwn i ddim dal i fyny efo chdi!' meddai'n glên.

'Diolch,' meddai Lois yn swil; doedd hi ddim wedi arfer cael pobl yn ei chanmol, yn arbennig mewn gwers chwaraeon. Arhosodd Megan a hithau i'r lleill ddod i mewn i'r buarth – rhai'n carlamu â'u hwynebau'n biws, rhai'n trotian yn sidêt, yn amlwg dim ond wedi rhedeg yr ugain metr olaf, a'r rhai olaf yn cerdded yn hamddenol fel petaen nhw'n mynd â'u nain am dro ar bnawn dydd Sul.

Roedd pawb yn ei chanmol, pawb ond Gemma. Doedd hi ddim wedi rhedeg gan ei bod wedi dod i'r wers yn hwyr ac wedi gorfod clirio'r gampfa yn hytrach na chymryd rhan. Edrychodd Gemma'n guchiog arni, ond doedd Gemma'n poeni dim ar Lois heddiw. Gwyddai na fyddai'n dweud na gwneud dim byd, oherwydd doedd Julie ddim yno.

'Faset ti'n hoffi bod yn y tîm mabolgampau?' gofynnodd Megan. 'Mi faswn i, ro'n i'n arfer bod yn nhîm yr ysgol gynradd.'

'Baswn, dwi'n meddwl,' meddai Lois yn dawel, ond gwyddai nad oedd unrhyw siawns i hynny ddigwydd. Doedd Miss Ellis ddim yn mynd i'w chynnwys hi yn y tîm – byth bythoedd amen. Roedd 'na fwy o siawns i Gemma droi'n frenhines y tylwyth teg nag i Miss Ellis ei rhoi hi, Lois, mewn unrhyw dîm.

Pennod 13

Aeth Lois, Elin a Jan i'r ffreutur amser egwyl a mynd draw i eistedd at Megan ac ambell un arall o flwyddyn saith. Roedd pawb yn llawn o hanes helynt y gêm hoci. Eisteddai Gemma wrth y ffenest gyda thair o'i ffrindiau, a golwg wedi pwdu'n lân arni. Roedd Megan yn chwerthin yn braf wrth glywed Jan yn mynd drwy stori'r gêm hoci eto ac, wrth gwrs, roedd y stori wedi mynd yn llawer iawn mwy doniol erbyn hyn, gan fod Jan wedi ychwanegu cryn dipyn ati.

Yna symudodd y sgwrsio at y noson cynt ac roedd Megan a'i ffrindiau eisiau gwybod i ble byddai Lois, Elin a Jan yn mynd fin nos, gan nad oedden nhw'n byw yn yr un rhan o'r dre. Merched o dop y dref oedden nhw ac roedd y parc yn rhy bell iddyn nhw gerdded i lawr yno. Soniodd Elin am y noson cynt a bu herio mawr ar Lois.

'Jac Pari brynodd fferins i ti?' holodd Megan yn llawn chwilfrydedd.

Cochodd Lois at ei chlustiau a dechreuodd pawb chwerthin, ond roedd rhywun arall wedi clywed yr herio hefyd. Hanner stori a glywodd Sara o'r ciw oedd wrth y cownter bwyd, ond roedd hi wedi clywed hen ddigon.

Trodd at ei dwy ffrind. 'Sgwn i sut mae ail bennill "Iesu Tirion" yn mynd?' meddai'n uchel. 'Fedra i ddim aros tan fory imi gael gwybod!' Aeth pawb yn dawel wrth y bwrdd a dechreuodd Lois deimlo'n annifyr.

'Hei, gwyliwch eich bagiau, a gwna'n siŵr fod dy bres di'n saff, Sara,' meddai ei ffrind. 'Mi glywais i fod 'na gar plismon y tu allan i dŷ rhywun neithiwr. Teulu dwylo blewog, mae'n rhaid!'

Yna symudodd y tair at y cownter gan wneud sŵn car heddlu. Teimlodd Lois y dagrau'n cronni yng nghefn ei llygaid. Roedd hi wedi llwyddo i anghofio popeth am helynt Darren – tan rŵan.

'Paid â chymryd sylw. Dim ond cenfigennus ydi hi,' meddai Elin.

'Hen fuwch ydi hi!' meddai Jan wedyn.

Dechreuodd Megan giglo'n ansicr, ond aros yn dawel wnaeth Lois a rhywsut doedd arni ddim awydd y tost – roedd o wedi mynd yn oer erbyn hynny beth bynnag.

Canodd y gloch; roedd amser egwyl ar ben a llusgodd Lois ei bag draw i'r ystafell ddrama. Roedd Mrs Eben yno, ond fawr o neb arall, a gwenodd pan welodd Lois yn dod i mewn.

'Wel, wyt ti wedi cael dy wynt yn ôl ar ôl y

marathon bore 'ma? Gyda llaw, Lois, dwi wedi synnu braidd nad wyt ti wedi rhoi dy enw i mewn ar gyfer y clyweliadau fory! Doedd gen ti ddim awydd?' Stopiodd yn stond wrth weld yr olwg ar wyneb Lois.

'Be . . . ?' meddai Lois yn ddryslyd.

'Ti'n gwbod, y clyweliadau ar gyfer y sioe – does gen ti ddim diddordeb?' gofynnodd Mrs Eben wedyn.

'Ond . . . dwi wedi gneud cais . . . ' ceisiodd Lois egluro.

'Methu dod fory wyt ti?' Erbyn hyn roedd Mrs Eben wedi drysu hefyd. 'Wel, does dim rhaid i ti fod yno, wrth gwrs, ond mae gen ti siawns go dda.'

'Na,' meddai Lois.

'Na, be? Ddim eisiau trio wyt ti?'

'Na,' meddai Lois, 'dwi *wedi* trio. Dwi wedi rhoi'r llythyr i mewn ers dydd Mercher!'

'O!' meddai Mrs Eben ac aeth ati i chwilio trwy'r llythyrau ar ei desg. Edrychodd eilwaith ond, 'Na, dydi o ddim yma, Lois, ond paid â phoeni. Fydd dy fam efo ti fory?'

'Y . . . dwi ddim yn gwybod. Pam, oes raid iddi fod efo fi?'

'Wel, mae'r cwmni teledu angen llofnod rhiant neu rywun dros ddeunaw fel caniatâd dy fod ti'n cael trio.'

'Ond mae Mam wedi arwyddo'n barod,' meddai Lois a'i llais yn dechrau crynu.

'Ond dydi'r llythyr ddim gen i.' Roedd Mrs Eben

yn dal i chwalu trwy'r llythyrau ar ei desg. Erbyn hyn roedd pawb wedi cyrraedd ac yn cadw twrw.

'Wyt ti'n siŵr dy fod ti wedi'i roi o i mewn?'

'Do, mi rois i o i Miss Ellis ddydd Mercher, wir yr.'

'Wela i,' meddai Mrs Eben, ac aeth allan o'r ystafell.

Eisteddodd Lois, gan deimlo'n fwy digalon fyth. Doedd 'na ddim pwynt iddi drio beth bynnag. Roedd ffawd yn ei herbyn. Doedd hi ddim i *fod* i drio.

Toc daeth Mrs Eben yn ei hôl a merch ddieithr efo hi. Ddywedodd hi ddim pwy oedd hi, ac aeth y ferch ifanc i eistedd i gefn y dosbarth heb ddweud gair wrth neb. Sibrydodd Steve Sleim rywbeth am 'stiwdant', ond chymerodd neb fawr o sylw ohoni hi.

Rhannodd Mrs Eben pawb i grwpiau i greu golygfeydd o wahanol ddigwyddiadau: un olygfa drist, un yn dangos gorfoledd, un yn dangos siom ac un arall yn dangos dychryn. Cafodd pawb hwyl garw arni, heblaw am ambell un oedd yn teimlo'n rhy hunanymwybodol i fwynhau. Roedd Lois wrth ei bodd a theimlodd ei hun yn ymlacio'n braf. Cafodd pawb wledd o chwerthin pan gamodd grŵp Steve Sleim ymlaen i gyflwyno'u golygfa o ddychryn, gyda Sleim yn actio pry copyn anferthol yn ymosod ar y lleill, a gweddill y grŵp yn cogio bod yn bryfaid bach crynedig yn gwingo ar hyd y llawr. Roedd y ferch ifanc yn y gornel yn amlwg yn mwynhau hefyd.

Hedfanodd y cyfnod heibio a chyn pen dim roedd yn amser cinio.

'Cofia ddod fory, Lois,' meddai Mrs Eben. 'Un ai tyrd â dy fam efo ti, neu gofynna iddi ysgrifennu llythyr caniatâd i ti, wnei di?'

'Gobeithio y cawn dy weld di fory . . . Lois, ie?' meddai'r ferch ddieithr. Nodiodd Lois yn swil, cyn troi i ymuno â Jan oedd yn digwydd pasio ar ei ffordd i'r ffreutur.

Pennod 14

Hedfanodd y prynhawn heibio. Roedd Mr Preis, yr athro mathemateg, mewn hwyliau da achos roedd o'n mynd i lawr i Gaerdydd i weld gêm rygbi, felly wnaethon nhw fawr ddim gwaith, dim ond gwrando arno'n rwdlan.

'Reit!' meddai am chwarter wedi tri. 'Pawb i gadw'u llyfra achos mae'n rhaid i mi fod trwy'r drws yna am hanner awr wedi tri ar y dot!'

Ac felly y bu. Heidiodd dosbarth Lois allan i'r coridor fel roedd y gloch yn dechrau canu. Arhosodd Lois ac Elin am Jan wrth y giât a rhuthrodd degau o blant yn glystyrau swnllyd heibio iddynt, pawb wrth eu bodd fod prynhawn dydd Gwener wedi cyrraedd o'r diwedd.

Gwelodd Lois Sara'n dod allan trwy ddrws yr ysgol, ar ei phen ei hun am unwaith, ond teimlai Lois yn annifyr a cheisiodd wneud ei hun mor anweledig â phosib drwy hanner cuddio rhwng y gwrych a'r giât. Gwyliodd Lois hi'n cerdded yn dalsyth i lawr y llwybr â'i thrwyn yn yr awyr, yna edrychodd am funud i'w chyfeiriad. Trodd Sara ei phen a chodi'i thrwyn yn uwch fyth, yn union fel petai hi wedi gweld rhywbeth anghynnes ar y pafin, ond ddywedodd hi 'run gair. Swagrodd heibio'r giât a diflannu i mewn i grombil car mawr du, crand oedd wedi parcio ar y llinellau igam ogam o flaen yr ysgol.

Erbyn hynny roedd Jan wedi cyrraedd, yn llawn hanesion fel arfer, rhywbeth am Sleim a phryfaid cop a syms rhannu. Cerddodd y tair yn ddigon hapus draw i gyfeiriad y parc gan drafod y clyweliadau a cheisio penderfynu beth fyddai orau i'w wisgo, ac ai cyrraedd yno'n gynnar neu'n hwyr fyddai orau.

Roedden nhw wedi ymgolli yn eu sgwrs, felly welson nhw mo'r car yn dod heibio'r gornel ac roedd Jan ar y groesfan cyn iddyn nhw sylweddoli fod y car yn mynd ar ormod o frys i stopio. Sgrechiodd sŵn y brêcs a'r teiars wrth i'r car sgrialu heibio Jan, gan ei methu o fodfeddi'n unig. Sgrechiodd Elin a Jan, ond roedd Lois wedi dychryn gormod i symud. Roedd pob dim fel petai'n digwydd yn araf, araf, araf ac yn yr

eiliadau hynny fe welodd Lois pwy oedd yn gyrru'r car. Clodd llygaid y gyrrwr arni am eiliad cyn i'r car yrru'n swnllyd yn ei flaen. Oedd hi wedi camgymryd, tybed? Oedd hi wedi gweld yn iawn? Na, roedd hi'n gwbwl sicr pwy oedd yn gyrru, er nad oedd hi erioed wedi gweld y car o'r blaen. Llygaid Darren welodd hi'n sbio arni, ac roedd 'na rywbeth yn y llygaid oedd yn ei dychryn, yn ei dychryn go iawn.

Erbyn hyn roedd yna dwr bach o bobl wedi ymgasglu ac roedd Jan yn eu canol yn sgrechian yn afreolus. Edrychodd Lois ac Elin ar ei gilydd – roedd y ddwy'n gwybod yn iawn pwy oedd yn gyrru'r car.

Rhedodd y ddwy draw at Jan, oedd wedi dechrau mwynhau'r sylw erbyn hyn. Roedd dynes y siop sglods wedi cymryd gofal o bethau ac yn ceisio perswadio Jan nad oedd hi ddim gwaeth.

'Welodd rhywun pwy oedd yn gyrru?' holodd un o'r dyrfa.

'Roedd o'n mynd fel cath i gythraul! meddai rhywun.

'Mi oedd o wedi pasio cyn i mi godi 'mhen!' meddai un arall.

'Gwell i ni ffonio'r heddlu,' meddai Mr Ahmed, oedd wedi gadael ei siop a brysio draw. Edrychodd Lois ar Elin ac ysgwyd ei phen fel rhybudd i'w ffrind nad oedd hi i ddweud dim. Rhedodd Dafydd atyn nhw a rhywsut fe lwyddodd y tri i berswadio Jan mai mynd am adre fyddai orau. Yn araf bach gwasgarodd y dorf fechan a phenderfynodd Mr Ahmed na fyddai'n cysylltu â'r heddlu am y tro.

Ar ôl danfon Jan adre aeth Dafydd, Elin a Lois yn eu blaenau.

'Rydan ni'n gwybod pwy oedd yn gyrru,' meddai Lois, gan edrych ar Elin. 'Mi gwelson ni fo, yn do?'

Nodiodd Elin ei phen; roedd hi'n teimlo'n reit ansicr ond roedd Dafydd yn hŷn na nhw, ac mi fyddai o'n gwybod beth i'w wneud.

'Wel?' meddai Dafydd yn ddiamynedd, doedd arno ddim awydd chwarae un o gêmau gwirion Lois.

'Darren oedd o, yndê, Elin,' meddai Lois. Nodiodd Elin ei phen.

'Ond nid car Darren oedd hwnna,' atebodd Dafydd yn swta.

'Naci, ond Darren oedd yn gyrru; mi edrychodd o arna i . . . ' Aeth Lois yn dawel ac edrychodd Dafydd arni'n graff. Roedd 'na ryw dinc rhyfedd yn llais Lois.

'Wyt ti'n siŵr?' gofynnodd.

'Bendant.'

'Ie, Darren oedd o,' meddai Elin yn dawel.

Arhosodd Dafydd am funud; roedd o'n amlwg yn ceisio penderfynu rhywbeth. 'Ty'd,' meddai'n sydyn gan ddechrau rhedeg. 'Rhaid i ni fynd i ddeud wrth Mam.'

Pennod 15

Roedd Dafydd wedi cyrraedd o flaen Lois, ac am unwaith ni fu dadlau am y goriad. Erbyn iddi hi gyrraedd roedd o wedi nôl y goriad ac wrthi'n gwthio'r drws ar agor.

'Rhaid i ni ffonio Mam,' meddai.

Roedd y ffaith fod Dafydd mor bendant bod yn rhaid rhoi gwybod i Mam yn synnu Lois. Fel arfer roedd o'n ddidaro iawn am bethau, a fyddai o byth yn ffonio Mam yn y gwaith oni bai fod rhywbeth mawr o'i le.

'Lle mae'r rhif?' holodd. 'Dydi rhif ffôn bach Mam ddim i lawr yn fan hyn,' meddai gan edrych trwy'r llyfr rhifau ffôn. 'Dos i nôl dy ffôn di, mae'r rhif yn hwnnw.'

Cychwynnodd Lois am y grisiau. Roedd yn rhaid ufuddhau i'w brawd heddiw – roedd o fel petai o'n gwybod beth roedd o'n wneud, yna cofiodd:

'Fedra i ddim,' meddai, 'mae'n ffôn i ar goll ers dyddiau, yn tydi?'

Aeth Dafydd i fyny i'r llofft i chwilio am ei ffôn o ond roedd y batri'n fflat, felly roedd yn rhaid gosod y wifren yn sownd yn y soced cyn medru cael hyd i'r rhif. O'r diwedd roedd y rhif ganddynt. Teimlai fel oes cyn i'w mam ateb ond addawodd ddod adref ar ei hunion. Fel roedd Dafydd yn rhoi'r ffôn i lawr, dechreuodd rhywun ddyrnu'r drws a rhedodd Lois i'w agor. Safai Darren yno â golwg wyllt arno, ei gap pig wedi'i dynnu'n isel dros ei lygaid a'i gôt yn hongian yn flêr amdano.

'Lle mae hi? Dwi'n gwybod ei bod hi yma!' gwaeddodd cyn gwthio'i ffordd heibio i Lois ac i mewn i'r tŷ.

'Chei di ddim dod i mewn!' meddai Dafydd, gan geisio gafael yng nghôt Darren, ond rhoddodd hwnnw hergwd iddo nes ei fod yn fflat yn erbyn y wal, yna rhuthrodd drwodd i'r gegin.

'Wyt ti'n iawn?' Cododd Dafydd yn sigledig braidd a brysio at ymyl Lois gan sefyll o'i blaen, fel ei fod rhyngddi hi a Darren. Gan na welodd neb yn y gegin rhuthrodd Darren yn ei ôl i'r cyntedd a charlamu i fyny'r grisiau, gan neidio dwy ris ar y tro. Edrychodd Dafydd a Lois ar ei gilydd.

'Paid â deud dim byd!' rhybuddiodd Dafydd.

Rhuthrodd Darren yn ôl i lawr y grisiau. 'Dwi'n gwybod ei bod hi yma'n rhywle!' rhuodd cyn aros a sefyll uwchben Dafydd gan bwyntio'i fys yn fygythiol o flaen ei wyneb. Plygodd i lawr i edrych ym myw ei lygaid a dweud: 'Dwi'n gwybod ei bod hi yma. Does gen i ddim amser i wastraffu rŵan, ond mi fydda i'n ôl . . . '

Rhuthrodd am y drws fel roedd Mam yn dod i mewn ond ddywedodd o 'run gair, dim ond gwthio heibio iddi a rhedeg i lawr y llwybr.

'Be ar wyneb y ddaear . . . ?' dechreuodd Mam, ond pan welodd hi'r olwg ar wyneb Lois gollyngodd ei bagiau a rhuthro i afael ynddi. Roedd Dafydd yn wyn fel y galchen a fedrai Lois ddim stopio crynu. 'Be sy wedi digwydd?' Roedd llais Mam yn swnio'n od, fel petai hi'n sgrechian yn dawel. Yna, fel petai hi newydd ddeffro o hunllef, rhuthrodd at y ffôn a deialu. 'Heddlu!' meddai.

'Ti'n iawn?' gofynnodd Dafydd gan afael ym mraich Lois a'i harwain yn araf drwodd i'r gegin. Roedd popeth wedi symud mor sydyn, wyddai Lois ddim yn iawn beth oedd wedi digwydd. 'Wyt ti'n iawn, Lois?' gofynnodd wedyn. 'Mae'n ocê rŵan, mae o wedi mynd.'

Fedrai Lois ddeud 'run gair, roedd hi wedi dychryn gormod i siarad – yna teimlodd y dagrau'n dechrau disgyn, yn llifo i lawr ei hwyneb.

'Paid â chrio,' meddai Dafydd gan roi un llaw yn betrusgar ar ei hysgwydd i geisio'i chysuro. 'Mae o wedi mynd a wneith o ddim meiddio dod yn ôl.'

Yna daeth Mam drwodd. 'Mae'r heddlu ar eu ffordd,' meddai. 'Be oedd o isio, Dafydd?'

'Chwilio am Alys oedd o, dwi'n meddwl,' atebodd Dafydd, 'ond doedd o ddim hanner call a deud y gwir, felly dwi ddim yn siŵr iawn be roedd o isio. Roedd o fel dyn gwyllt!'

Aeth y tri yn ddistaw am funud; roedd pawb yn rhy brysur yn meddwl. Meddwl ble yn y byd y gallai Alys fod. Os oedd Darren yn chwilio amdani, mae'n rhaid ei bod hi'n cuddio oddi wrtho am ryw reswm. Ond pam fyddai Alys yn teimlo fod yn rhaid iddi guddio oddi wrtho? Oedd hi'n saff? Efo pwy oedd hi? Yna dechreuodd pawb siarad ar draws ei gilydd, a'r un cwestiynau oedd yn mynd trwy feddwl y tri. Rhuthrodd Mam at y ffôn am yr eildro, ond cyn iddi allu ei godi i ddeialu roedd yn canu. Neidiodd pawb a bachodd Mam yn y derbynnydd.

'Helô, Alys?' gwaeddodd. 'O, chi sy 'na! Na . . . Ydi . . . Ie, tua deng munud yn ôl. Lle mae o? O diolch byth! Diolch i chi! Diolch i chi . . . ! Ydw, dwi'n

deall, gwnaf siŵr, mi geisia i gael gafael arni rŵan,'
meddai Mam cyn rhoi'r ffôn yn ôl yn ei grud.

'Maen nhw wedi dod o hyd i Darren beth bynnag,'
meddai, a llifodd ton o ryddhad dros y tri; o leiaf
doedd dim rhaid poeni mwy am hwnnw. Dim ond
dod o hyd i Alys oedd raid ei wneud rŵan.

Pennod 16

Bu Dafydd yn anghyffredin o garedig tuag at Lois drwy'r min nos. Roedd ffôn Alys wedi'i diffodd, felly doedd dim modd cael gafael arni. Ceisiodd Mam ffonio rhai o'i ffrindiau, ond doedd neb wedi gweld golwg ohoni. Aeth Dafydd draw i'r fflat, ond er curo a churo'r drws a bloeddio y tu allan yn y stryd, doedd dim golwg o Alys yn unman.

Adroddodd Lois hanes Darren yn gyrru fel cath i gythraul ar draws y groesfan. I ble'r oedd o'n mynd ar y fath frys, tybed? Ai chwilio am Alys yr oedd o'r adeg honno hefyd?

'Roedd hi i fod i ddod yma i gael swper heno,' meddai Lois.

'Peidiwch â phoeni, mae 'na eglurhad hollol syml am hyn,' ceisiodd Mam eu cysuro, ond gwyddai'r ddau ei bod hithau bron â drysu yn poeni.

Doedd neb wedi cyffwrdd eu swper a doedd Mam ddim hyd yn oed wedi cynnig paned iddyn nhw. Bu'r tri'n pendroni trwy'r min nos yn ceisio chwilio am ateb i'r dirgelwch. Roedd yn amlwg erbyn hyn fod y straeon am Darren yn wir. Roedd o'n sicr mewn rhyw helbul.

'Waeth i ni heb ag aros ar ein traed ddim hwyrach,' cyhoeddodd Mam o'r diwedd. 'Os oedd Darren yn chwilio am Alys mae'n rhaid ei bod hi'n saff yn rhywle. Mi fydd ar y ffôn y peth cynta'n y bore, mi gewch chi weld.'

Aeth Dafydd a Lois i fyny i'r llofft yn dawel heb rwgnach na ffraeo.

Swatiodd Lois o dan ei chwilt, a digwyddiadau'r dydd yn chwyrlïo o amgylch ei phen yn lluniau a lliwiau lloerig – yn union fel golygfeydd y ffair yn chwyrlïo o'i chwmpas pan fyddai ar y Waltsers neu'r Ianci. Rownd a rownd a rownd, i fyny ac i lawr, i fyny ac i lawr. Pob tro y caeai ei llygaid byddai'r car roedd Darren yn ei yrru'n sgrialu rownd y gornel ac yn ei tharo. Cododd ar ei heistedd, troi'r golau bach ymlaen ac edrych draw i gyfeiriad gwely Alys. Cododd ac aeth draw at y gwely a gwthio'i hun o dan y cwilt. Byddai'n cael mynd i swatio at Alys weithiau pan fyddai'r ddwy yn rhannu llofft erstalwm. Rhowliodd ei hun yn belen fechan dynn, dynn. Teimlai bob gewyn yn ei chorff yn tynhau a chaeodd ei dyrnau. Roedd hi'n casáu Darren. Roedd hi'n gwybod mai arno fo'r oedd y bai nad oedden nhw'n gallu dod o hyd i Alys, ond pam na fyddai hi'n ffonio? Trodd a gwthio'i hwyneb i'r gobennydd – roedd arogl persawr Alys arno o hyd. Rhoddai'r byd am gael teimlo cynhesrwydd ei chwaer fawr wrth ei hymyl, ond roedd cotwm y gobennydd yn oer, oer.

'Alys!' bloeddiodd cyn claddu'i hwyneb ynddo a dechrau beichio crio.

Mae'n rhaid ei bod wedi cysgu wedyn oherwydd cafodd ei deffro gan y ffôn. Neidiodd o'r gwely'n ddryslyd ac edrych ar y cloc wrth ei gwely, gan ddisgwyl gweld ei bod yn fore. Ond dim ond hanner awr wedi un ar ddeg oedd hi. Dim ond newydd gysgu roedd hi felly, mae'n rhaid. Rhuthrodd at ben y grisiau ond roedd Dafydd wedi cyrraedd y ffôn o'i blaen.

'Alys! Alys!' gwaeddodd ei brawd i mewn i'r derbynnydd. 'Alys, ti sy 'na?'

Pennod 17

Cysgodd pawb yn drwm ar ôl derbyn yr alwad ffôn gan Alys. Roedd hi wedi mynd i aros at ffrind ysgol, oedd bellach yn y coleg ym Mangor. Gwyddai y byddai'n saff yn y fan honno, allan o gyrraedd Darren. Rhywle na fyddai o byth yn meddwl mynd i chwilio amdani. Roedd hi wedi dal y bws i Fangor, wedi ffonio'i ffrind i ddeud ei bod ar y ffordd, ac yna ffonio'r heddlu i ddeud wrthynt beth roedd hi wedi'i ddarganfod. Yna, cyn iddi gael cyfle i ffonio adref, roedd yr arian wedi gorffen ar ei ffôn, a dyna fo, doedd dim un ffordd iddi gysylltu â'i theulu.

Pan welodd Lois ei chwaer yn eistedd ar y soffa yn nhŷ ei ffrind ym Mangor, gwyddai'n syth fod Alys wedi bod yn lwcus i ddianc pan wnaeth hi. Roedd hi wedi newid ers ddoe, rhywsut; doedd ei gwallt hi ddim wedi cael ei sythu'n daclus ac roedd ei hwyneb yn wyn fel y galchen. Rhuthrodd Mam ati a'i chofleidio, ac ar ôl i'r dagrau dawelu dechreuodd Alys adrodd yr hanes mewn llais bach, bach.

Roedd hi wedi dod o hyd i lond lle o bethau yng nghist car Darren, wedi'u cuddio mewn bocs o dan hen fat, lle dylai'r olwyn sbâr fod. Wedi colli ei phwrs roedd hi, a gwyddai ei bod wedi'i roi yn ei bag a rhoi hwnnw ar sedd gefn y car. Ond pan aeth hi i nôl ei bag doedd dim golwg o'r pwrs. Felly aeth i chwilio drwy'r bŵt a dod o hyd i'r bocs. Roedd 'na bob math o bethau ynddo fo, yn gryno-ddisgiau, DVDs, ffônau symudol ac ambell gerdyn credyd, ac yno yn eu canol gwelodd rywbeth cyfarwydd.

'Mi ro'n i'n gwybod dy fod ti wedi colli dy ffôn, Lois, ac mi roedd o'r un fath yn union â hwnnw yn y bŵt – ond roedd y batri'n fflat, felly fedrwn i ddim bod yn siŵr mai chdi oedd pia fo.' Ochneidiodd Alys cyn mynd ymlaen, 'Felly mi es i â fo'n ôl i'r fflat a'i roi o'n sownd yn y *charger*.' Tawelodd Alys am funud ond ddywedodd neb 'run gair. 'A dyna lle'r oedd enw Mam a fi, ac enw Elin a Jan, wedyn mi ro'n i'n gwybod mai ti oedd pia fo. Dyna pryd sylweddolais i be oedd wedi digwydd, a chymaint o ffŵl dwi wedi bod.'

Dechreuodd Alys grio'n ddistaw a symudodd Mam draw at ei hymyl a'i gwasgu'n dynn. Yna cododd Alys ei phen; roedd yn rhaid iddi gael dweud y stori i gyd, gan mai dim ond felly y gallai gael gwared o'r lluniau yn ei meddwl.

'Sut roedd Darren yn gwybod dy fod ti'n gwybod?' holodd Mam.

'Mi ddoth o i mewn fel ro'n i'n edrych ar ffôn Lois

ac mi driodd esbonio rhywbeth am ei fenthyg, ond mi roedd o'n gwybod yn iawn 'mod i'n gwybod y gwir erbyn hynny.'

'Pryd digwyddodd hyn?' holodd Mam. 'Achos mi welodd Lois a Dafydd o mewn car diarth ar ôl ysgol, yn do, Lois?'

'Do, bron iawn iddo fo daro Jan wrth iddi groesi'r ffordd.'

'Wel mi redais i o'r fflat pan oedd Darren yn chwilio am oriadau'r car; do'n i ddim yn gwybod ble i fynd felly mi es i fyny i'r parc am dipyn a chuddio yn fanno. Mi glywais helynt y car–,' prin roedd Alys yn aros i gymryd ei gwynt – 'ac mi welis i o'n sgrialu i ffwrdd. Dyna pryd y medrais i ddal y bws a ffonio'r plismyn a fy ffrind ym Mangor. A dyna fo, mi aeth fy ffôn inna i ffwrdd yn syth wedyn.'

'Does 'na ryw helynt efo'r blincin ffonia 'ma!' meddai Mam rhwng chwerthin a chrio.

'Dyma ti!' meddai Alys, gan dynnu'r ffôn o'i phoced a'i estyn i Lois. Roedd Lois wrth ei bodd, er bod ei mam yn bygwth rhywbeth am fynd â'r ffôn at yr heddlu, gan ei fod yn dystiolaeth. Cuddiodd Lois y ffôn yn ddwfn yn ei phoced gan obeithio y byddai Mam yn anghofio amdano – doedd hi ddim eisiau ei golli eto.

'Sori am fod yn gymaint o ffŵl,' meddai Alys wedyn. 'Ro'n i wir yn meddwl fod pobl yn deud celwydd am Darren. Faswn i byth wedi coelio oni bai am y petha yn y bŵt, er . . . ' ond fedrodd hi ddim deud mwy; roedd y dagrau'n llifo eto.

'Er be, Alys?' meddai Mam yn dawel.

'Wel, ti'n gwybod y pres roist ti i fi ar fy mhen-blwydd?'

'Ie?' Ond roedd Mam yn gwybod beth oedd ar fin dod nesaf.

'Sor–,' oedd yr unig beth fedrai Alys ei ddweud cyn i'w Mam a Lois daflu'u breichiau amdani'n dynn.

'Dydi o ddim bwys am hynny rŵan, Alys,' meddai Mam. 'Mi rwyt ti'n saff ac yn ôl efo ni. Dewch o'na am adre wir.'

Pennod 18

Fel roedd y car yn cyrraedd y tŷ, gwelodd Lois ei ffrindiau, Elin a Jan, wrth y drws. Roedd golwg ddryslyd ar eu hwynebau.

'Lle wyt ti wedi bod?' gwaeddodd Jan wrth i Lois agor drws y car.

'Oeddet ti wedi anghofio?' meddai Elin. 'Mi rwyt ti *yn* dod, yn dwyt?'

'Dod i ble?' meddai Lois, a gwaeddodd y ddwy ffrind efo'i gilydd fel parti llefaru: 'I'r clyweliad, siŵr iawn!'

Erbyn hyn roedd hi'n bum munud i ddau. Penderfynodd Lois ei bod hi am fynd i gefnogi Elin, oedd am lefaru darn yr Urdd, ond doedd hi ddim am drio ei hun. Roedd hi wedi cael digon o helynt i bara am oes heb dynnu Sara i'w phen eto. Rhuthrodd i fyny'r grisiau i newid, bachu paced o greision o'r bag siopa ac i ffwrdd â hi gydag Elin a Jan am yr ysgol.

Roedd y lle'n fwrlwm gwyllt o blant a'u rhieni'n ciwio i roi eu henwau i'r bobl yn y cyntedd. Yna roedd yn rhaid aros eich tro cyn cael galwad i'r ystafell ddrama ar gyfer y clyweliad. Roedd yn ddigon tebyg i ragbrawf Eisteddfod yr Urdd, meddyliodd Lois, gyda llond lle o bobl bach bwysig yn ysgwyd eu pennau a gweiddi 'sh' yn flin ar bawb.

Roedd rhai rhieni'n amlwg yn awyddus iawn i'w plentyn gael cyfle i fynd ar y teledu. Ambell fam yn sythu coler, un arall yn twtio gwallt, a'r rhan fwyaf yn sibrwd 'sefyll yn hyderus, cofia!', 'paid â bod yn swil', 'geiria'n glir' a 'digon o wynt cyn dechrau', i mewn i glustiau nerfus. Yna, fel roedd y plentyn cyntaf yn mynd i mewn i'r ystafell ddrama, clywodd pawb rhyw sŵn o gyfeiriad y cyntedd.

'Sh!' bytheiriodd un o'r bobl bwysig. Trodd Lois i edrych beth oedd yn achosi'r cynnwrf ac yno, yn llenwi'r coridor, roedd Sara a'i mam a'i nain. Doedd yr un o'r tair yn edrych yn saff iawn ar eu traed. Roedd Sara a'i mam mewn sodlau braidd yn uchel ac roedd sŵn yr esgidiau'n achosi eco yr holl ffordd i lawr y coridor.

'Clip clop, clip clop . . . ' Wnaeth yr un o'r tair gymryd llawer o sylw o'r dyn pwysig, er bod wyneb hwnnw'n mynd yn fwy a mwy coch, ac yn poeri dros bawb wrth geisio dweud 'Sshh!' yn uwch. Doedd nain Sara ddim yn edrych yn solet iawn ar ei thraed chwaith ond doedd ganddi hi ddim sodlau uchel, diolch i'r drefn, dim ond ffon.

Dim ond dwy gadair oedd ar ôl; eisteddodd y nain yn un a phenderfynodd mam Sara y byddai'n well i

Sara gael eistedd yn y llall, ' . . . rhag ofn i dy goesau di fynd i frifo, cariad.'

Rhyfedd, meddyliodd Lois – roedd trwyn mam Sara yn troi i fyny ar yr un ongl yn union â thrwyn ei merch. A dweud y gwir, roedd y ddwy'n debyg iawn. Wnaethon nhw ddim edrych ar neb arall, dim ond syllu o'u blaenau fel petaen nhw'n cymryd diddordeb anhygoel yn y posteri 'Diogelwch ar y ffyrdd' oedd ar y wal yn syth o'u blaenau. Roedd mam Sara'n gwisgo siaced ledr lliw hufen, trowsus hufen a sgarff i fatsio, ac roedd ganddi gymaint o fodrwyau a chadwynau o amgylch ei dwylo fel ei bod yn syndod ei bod yn gallu codi'i breichiau o gwbwl.

Edrychodd Lois ar Elin; rhoddodd honno winc yn ôl arni, ond roedd yn rhaid i Jan gael pesychu'n uchel a nodio'i phen i gyfeiriad y tair. Bytheiriodd y dyn pwysig unwaith eto a throdd Sara'i phen i gyfeiriad Lois, Jan ac Elin. Rhoddodd fflic i'w gwallt a throi i ffwrdd.

Teimlai Lois yn falch ei bod hi wedi newid cyn dod. Roedd Alys wedi ei helpu i ddewis ei dillad, felly gwyddai ei bod yn edrych yn dda, ond er cystal roedd hi'n edrych gwyddai nad oedd hi'n ddim o'i chymharu â Sara. Roedd honno'n edrych yn ffantastig a gwyddai Lois fod ei dillad wedi costio ffortiwn achos roedd hi wedi gweld rhai tebyg yng nghatalog Mam. Roedd Sara wedi crimpio'i gwallt yn donnau mân,

mân ac roedd rhywun wedi plethu gleiniau disglair o bob lliw ynddo.

Roedd yr ymgeisydd cyntaf wedi gorffen a daeth allan efo'i mam a llond dwrn o ffrindiau oedd wedi dod i'w chefnogi. Fel roedden nhw'n mynd roedd chwaneg o bobl yn cyrraedd, rhai i gefnogi a rhai i gystadlu. Daeth dwy o ffrindiau Sara draw ati a gwelodd Lois gip ar Dafydd, Gari, Steve Sleim a Jac ym mhen draw'r coridor.

Cyn bo hir roedd 'na gymaint o sŵn fel na fedrai'r dyn bach pwysig gadw unrhyw fath o drefn. Aeth i mewn i'r ystafell ddrama a chyn bo hir daeth Miss Eben allan a chyhoeddi fod y cwmni teledu am wneud rhai newidiadau i drefn y pnawn. Roedden nhw am gynnal y clyweliadau canu yn y neuadd a'r actio neu lefaru yn yr ystafell ddrama. Felly cododd hanner y bobl oedd yn aros a cherdded draw at y neuadd. Cododd Sara a'i mam a'i nain, gan ddweud y drefn a siglo'u ffordd fel tair llong i lawr tuag at y neuadd. Dilynodd y ddwy ffrind nhw, gan giglo a chwerthin wrth fynd heibio i Jac.

Cyn bo hir daeth tro Elin, ac aeth Jan a Lois i mewn efo hi i'w chefnogi. Roedd Elin yn amlwg yn nerfus iawn ond aeth drwy'r gerdd heb ei hanghofio, felly roedd pawb yn ddigon bodlon. Wrth fynd trwy'r drws, gwelodd Lois y ferch ifanc oedd yn y wers ddrama ddoe yn troi at Mrs Eben ac yn dweud rhywbeth cyn pwyntio i gyfeiriad Lois. Yna gwelodd Mrs Eben yn codi'i hysgwyddau, fel petai'n dweud 'Dwn i ddim be fedra i neud'.

Wedi gorffen yn yr ystafell ddrama aeth y tair draw i'r neuadd lle roedd un o ffrindiau Megan yn gorffen canu. Doedd Lois ddim yn gyfarwydd â'r gân ond roedd yn amlwg fod pawb wedi mwynhau, gan eu bod yn curo dwylo'n frwd. Sylwodd fod Dafydd a Jac a chriw o fechgyn blynyddoedd wyth a naw yn eistedd yn y seddi blaen.

Yna cyhoeddwyd mai Sara oedd i ganu nesaf. Aeth ton o gynnwrf trwy'r neuadd, cododd Sara a'i mam a phwysodd nain Sara ati a tharo'i llaw'n ysgafn i ddymuno'n dda iddi. Aeth ei mam i sefyll at ymyl y llwyfan gan roi cyfarwyddiadau i Sara lle'r oedd hi i fod i sefyll, rhag ofn iddi fynd yn rhy agos at ymyl y llwyfan a cholli'i balans yn ei sodlau uchel. O'r diwedd, roedd pawb yn barod. Yna penderfynodd mam Sara y byddai'n syniad iddi gael ymarfer bach efo'r gerddoriaeth a rhoddodd nòd bwysig ar rywun oedd y tu ôl i'r llenni. Dechreuodd Sara siglo'i phen-ôl i rythm y gerddoriaeth ac roedd hi ar fin dechrau canu pan ddigwyddodd rhywbeth i'r sain.

'Ch . . . ch . . . ch . . . ' Roedd y sŵn yn union fel rhywun yn tynnu'i ewinedd i lawr wyneb bwrdd du.

'Stop!' gwaeddodd y fam, a'i chadwynau aur yn janglo'n wyllt wrth iddi chwifio'i breichiau yn yr

awyr. Rhuthrodd pawb i roi eu dwylo am eu clustiau a martsiodd mam Sara i gefn y llwyfan. Aeth pobman yn ddistaw, a dim i'w glywed heblaw sŵn botymau'n cael eu troi y tu ôl i'r llwyfan yn rhywle a llais mam Sara'n rhoi cyfarwyddiadau i rywun. Yna daeth yn ôl i'r golwg, rhoi nòd fach bwysig ar y beirniad a fflachio gwên ar Sara. Llanwyd y neuadd gyda cherddoriaeth uchel a chamodd Sara i du blaen y llwyfan. Fflachiodd wên lydan ar y beirniad a gallai Lois deimlo'i llygaid yn edrych arni, yn ei herio. Cododd Sara y meic at ei hwyneb ac agor ei cheg.

Pennod 19

'Ch . . . ch . . . ch . . . ' Daeth sŵn dychrynllyd allan o'r meic eto, ond doedd Sara ddim fel petai'n deall nad oedd y sain yn iawn ac aeth yn ei blaen gyda'r gân, gan ddal i fflachio'i gwên ar y beirniad a chodi'i llais yn uwch ac yn uwch. Roedd pawb erbyn hyn â'u dwylo dros eu clustiau ond doedd Sara'n cymryd dim sylw. Daliai ati i stryffaglu ar draws y llwyfan gan siglo'i phen-ôl a chwifio'i gwallt. Dechreuodd ambell un biffian chwerthin. Yno roedd Sara'n siglo'n lloerig ar ei sodlau'n ôl ac ymlaen at ymyl y llwyfan a'i breichiau'n siglo fel melin wynt, a bob tro roedd angen taro nodyn uchel roedd ei llais fel sgrech aflafar. Fel roedd hi'n cyrraedd y cytgan olaf, methodd rhai o fechgyn blwyddyn naw â dal. Dechreuodd y criw yn y rhes flaen chwerthin yn afreolus ac ymunodd y gynulleidfa yn yr hwyl, nes bod y neuadd i gyd yn piffian chwerthin y tu ôl i'w dwylo.

Gorffennodd y gerddoriaeth yn sydyn, cyn i Sara sylweddoli mae'n rhaid, oherwydd rhoddodd un sgrech olaf aflafar cyn rhoi'r meic i lawr. Safodd yno am eiliad neu ddwy, yn edrych yn ddryslyd o'i blaen. Roedd hi fel petai'n aros i bawb ddechrau gweiddi hwrê a chymeradwyo. Ond roedd pawb yn fud. Yna, dechreuodd rhywun glapio'n ffyrnig o'r rhes flaen. Pwysodd Lois ymlaen i edrych – a dyna lle roedd nain Sara wedi gollwng ei ffon ac yn curo dwylo'n swnllyd. Dechreuodd ambell un arall glapio'n dila, cyn i bobman ddistewi eto. Sylweddolodd Sara o'r diwedd nad oedd neb arall am gymeradwyo na gweiddi hwrê. Wyddai ei ffrindiau hi ddim lle i edrych, felly eisteddodd y ddwy yn syllu ar eu traed. Yna dechreuodd Sara redeg, gan lamu oddi ar y llwyfan a rhuthro am y drws yng nghefn y neuadd. Rhuthrodd mam Sara ar ei hôl i'w chysuro a chododd ei nain yn araf a simsan, gafael yn ei ffon ac allan â hi.

'Diolch yn fawr i Miss Sara Davies. Mae dyfodol disglair o'i blaen yn *rhywle,* mae'n siŵr!' meddai'r beirniad.

'A diolch i Nain 'fyd, chwarae teg!' ychwanegodd Sleim yn uchel, nes i bawb ddechrau chwerthin eto. Yna aeth y beirniad ymlaen i ddiolch i bawb am ddod yno i gefnogi, ac i ddweud y byddai'n cysylltu â'r ysgol yn fuan i roi'r canlyniadau.

Clywodd Lois rywun yn cyffwrdd â'i hysgwydd yn ysgafn. Mrs Eben oedd yno.

'Wnei di ddod efo fi am funud, Lois?' gofynnodd. Roedd pawb yn tyrru allan o'r neuadd erbyn hyn. Dilynodd Lois Mrs Eben yn ôl i'r ystafell ddrama, ac Elin a Jan efo hi.

'Wnei di edrych dros hwn am funud?' meddai Mrs Eben gan roi sgript yn ei llaw.

'Darllen di ran y ferch ysgol; dwi am gael dy help di am funud.' Aeth Mrs Eben allan o'r ystafell gan adael Lois yn sefyll wrth y drws am ychydig iddi gael darllen dros y sgript. Roedd ambell un o'r mamau yn dal yno'n siarad gyda'r beirniad, ac ambell un o'r plant yn trafod yn nerfus ymysg ei gilydd. Wedi gorffen darllen, aeth Lois draw i eistedd at Elin a Jan. Yna agorodd drws yr ystafell eto a daeth Alys i mewn.

'Be wyt ti'n neud yma?' holodd Lois yn ddryslyd.

'Dim ond dod i weld lle'r oeddet ti. Roedd Mam isio imi ddod i weld oeddet ti'n iawn,' meddai Alys.

Yna daeth Mrs Eben at Lois.

'Dyma ni, fedri di ddod i fy helpu i am funud rŵan, Lois?' gofynnodd. Aethant draw at fwrdd y beirniad, lle dechreuodd Mrs Eben ddarllen rhan yr athrawes ac roedd Lois yn gorfod darllen rhan y ferch ysgol. Roedd yn sgript hawdd ei hactio ac aeth Lois drwy'r geiriau heb faglu unwaith. Roedd hi wrth ei bodd. Doedd hi ddim wedi sylweddoli fod pawb wedi stopio siarad ac yn gwrando arni hi a Mrs Eben hyd nes iddi orffen y sgript, a phan ddechreuodd pawb guro dwylo cafodd dipyn o fraw. Lledodd gwên fawr ar draws ei hwyneb a rhoddodd gyrtsi bach sidêt fel petai ar lwyfan go-iawn. Edrychodd draw at lle'r oedd Alys yn eistedd a rhoddodd honno winc fawr ar ei chwaer a chodi'i bawd.

Ew, roedd hi'n braf cael Alys yn ôl, meddyliodd Lois.

Aeth Alys draw i siarad gyda Mrs Eben a gwelodd Lois hi'n arwyddo rhyw ddarn o bapur.

'Dwi'n mynd,' cyhoeddodd Jan. 'Dwi awydd mynd draw i'r parc cyn mynd adre.' Cytunodd y ddwy arall i fynd efo hi ac, ar ôl i Alys orffen siarad, cerddodd y pedair yn ôl i gyfeiriad y parc. Buont yn sgwrsio am hyn a'r llall a rhoi'r byd yn ei le ac, wrth gwrs, roedd yn rhaid i Jan gael deud hanes Sara a'i sioe wrth Alys. Aeth Lois, Jan ac Elin ati i'w dynwared hi a'i mam a'i nain yn siglo'u ffordd i mewn i'r neuadd. Pwysodd y tair yn erbyn y ffrâm ddringo a chwerthin nes bod eu hochrau'n brifo.

Pan welodd Dafydd a'i ffrindiau'n dod i mewn drwy'r giât fochyn ym mhen draw'r parc aeth Alys yn ei blaen am adref. Dringodd y tair ffrind i ben ucha'r ffrâm i gael gweld pwy oedd yn dod.

'Pwy oedd efo chi rŵan?' holodd Steve Sleim yn drwyn i gyd.

'Alys,' meddai Lois yn falch.

'Be? Ydi'r cops wedi gadael iddi fyn–,' cychwynnodd Steve, ond chafodd o ddim cyfle i orffen ei gwestiwn. Rhoddodd Jac hergwd iddo nes ei fod yn baglu dros ei draed ac yn glanio'n dwt yn y pwll o ddŵr budur oedd yn arfer bod yn bwll tywod i'r plant bach.

'Licio chwarae efo tywod, wyt ti Sleim?' heriodd Dafydd, wrth i Steve stryffaglu ar ei draed. Roedd tywod yn ei wallt a thros ei wyneb i gyd, ac roedd ei drowsus yn staeniau brown, amheus yr olwg drosto. Roedd pawb yn eu dyblau'n chwerthin erbyn hyn a rhywsut doedd geiriau Steve ddim yn poeni Lois bellach.

'Hei, be oeddech chi'n feddwl o sioe Sara pnawn 'ma?' holodd Jan o ben y ffrâm ddringo.

'Fflipin hec, sôn am lanast,' meddai Dafydd.

'Y gloman wirion . . . ' meddai Jac.

'Ro'n i'n meddwl fod ei mam hi'n mynd i ladd y beirniad ar y diwedd,' meddai Elin. 'Mi edrychodd arno fo fel tasa hi'n rhoi'r farwol iddo fo efo'i llygaid. Roedd o'n reit crîpi a deud y gwir.'

'A be am ei nain hi – yr hulpan wirion yn clapio fel'na. Ond dyna fo, oni bai amdani hi, fasa neb wedi clapio o gwbwl, na fasa!' meddai Steve, gan boeri tywod o'i geg. 'Chwarae teg i Nain!'

'Hei, dewch 'laen, be am gêm o ffwti?' meddai Jan gan neidio o dop y ffrâm ddringo. 'Hogia yn erbyn genod!'

Y noson honno, yn ei gwely, edrychodd Lois draw i gyfeiriad gwely Alys. Roedd y gwely'n wag ond roedd y flanced fawr flewog a'r clustogau ffwr yn ôl yn eu lle. I lawr yn y gegin gallai Lois glywed lleisiau Mam ac Alys yn sgwrsio'n dawel a daeth teimlad cynnes braf drosti, cyn iddi syrthio i gwsg esmwyth.

Pennod 20

Roedd hi'n ddydd Llun unwaith eto ac roedd Lois wedi bod yn brysur trwy'r dydd Sul yn helpu i symud pethau Alys yn ôl i'r tŷ. Doedd hi ddim yn cofio'r tro diwethaf i Mam fod mewn hwyliau mor dda, ac roedd Dafydd wedi cydweithredu efo pawb ac wedi pario llond sosban o datws yn barod ar gyfer cinio. Roedd yr heddlu wedi ffonio ganol y bore i ddweud fod Darren am gael ei gyhuddo ac na fyddai o gwmpas am dipyn beth bynnag. Cyhoeddodd Mam na fyddai angen y tatws wedi'r cwbwl gan eu bod yn mynd i lawr i'r Queens i gael cinio dydd Sul i ddathlu, a chogiodd Dafydd bwdu am fod ei holl waith yn ofer.

Aeth gweddill y diwrnod yn ei flaen fel erstalwm, ac erbyn nos Sul roedd Dafydd a Lois wedi dechrau mynd i dynnu ar ei gilydd eto.

'Braf bod 'nôl; does 'na ddim byd gwell na gwrando arnoch chi'ch dau'n ffraeo i godi calon rhywun,' meddai Alys.

'Aros di tan fory ac mi fyddi di wedi cael llond bol!' atebodd Mam.

Pan gyrhaeddodd Lois yr ysgol fore dydd Llun roedd

hwyliau arbennig o dda arni. Rhuthrodd i mewn i'w dosbarth cofrestru ac aeth i eistedd at ymyl Megan. Roedd y ddwy wrthi'n sgwrsio am ddigwyddiadau'r penwythnos pan ddaeth Gemma a Julie i mewn. Wnaeth yr un o'r ddwy edrych i gyfeiriad Lois, a phan ddywedodd Sleim rywbeth am gerdyn coch a 'send off', trodd Gemma i anelu swadan iddo ar ei ben efo'i bag. Dim ond eistedd yno'n ddistaw wnaeth Julie ac, unwaith, edrychodd draw i gyfeiriad Lois a gwenu'n swil.

Fel roedd Gemma'n cornelu Sleim y tu ôl i'r drws efo'i ffon hoci, daeth Miss Ellis i mewn. Roedd hi'n edrych hyd yn oed yn fwy blin nag arfer, gyda'i gwallt wedi ei dynnu'n dynn, dynn y tu ôl i'w chlustiau.

'Pawb i eistedd – RŴAN!' bloeddiodd, a sgrialodd pawb i'w cadeiriau. Aeth yn ei blaen i farcio'r gofrestr, yna arhosodd wedi iddi gyrraedd enw Lois.

'A! Lois Jones, mae'n ddrwg gen i,' meddai mewn llais ffals. 'Mi ddois i o hyd i hwn yng ngwaelod fy mag y bore 'ma.' Cododd Miss Ellis bapur pinc o'i bag a'i chwifio yn yr awyr; gwelodd Lois yn syth mai'r llythyr caniatâd oedd ganddi – hwnnw roedd Mrs Eben wedi bod yn chwilio amdano mor ddyfal ddydd Gwener.

'Roedd o wedi disgyn i waelod fy mag i, mae'n rhaid, a wnes i ddim sylwi tan bore 'ma. Wyt ti am i mi ei roi i Mrs Eben heddiw?' gofynnodd â gwên 'wneud' ar ei hwyneb. 'Neu ydi o'n rhy hwyr?'

'Mae'n rhy hwyr, Miss,' meddai Lois yn dawel.

Roedd hi'n gwybod nad wedi disgyn i waelod y bag yn ddamweiniol yr oedd y llythyr.

'Wel, mae'n wirioneddol ddrwg gen i am hynny,' meddai Miss Ellis eto. Yna meddai, mewn llais melys, melys fel petai'n siarad efo merch fach dair oed oedd newydd ddisgyn oddi ar y si-so, 'Ond dyna fo, mae byd y teledu mor gystadleuol yn tydi . . . tro nesa, efallai?'

Teimlai Lois ei bochau'n mynd yn goch, goch a chlywodd Gemma'n dechrau piffian chwerthin y tu ôl iddi. Aeth y dosbarth i gyd yn dawel.

'Yr hen fuwch,' meddai Megan dan ei gwynt, ond yn ddigon uchel i bawb oedd yn ei rhes ei chlywed.

'Oeddet ti am ddeud rhywbeth, Megan?' holodd Miss Ellis.

'Na, Miss,' meddai Megan. Doedd hi erioed wedi bod mewn unrhyw fath o helynt ac roedd hi wedi dychryn braidd. Yr eiliad honno agorodd y drws a daeth Mrs Eben i mewn.

'Bore da, Miss Ellis,' meddai Mrs Eben, yna trodd i wynebu'r dosbarth. 'Mae gen i newyddion da i chi, Miss Ellis, neu i'ch dosbarth chi beth bynnag,' meddai wedyn.

Roedd ganddi lythyr yn ei llaw a cherddodd draw at Lois.

'Mi ges i hwn ar fy nesg y bore 'ma – mae'n rhaid fod y beirniad wedi dod i benderfyniad yn syth bnawn dydd Sadwrn. Wyt ti am ei ddarllen o, Lois, neu wyt ti am i mi wneud?'

Nodiodd Lois ar Mrs Eben. Doedd hi ddim am ddarllen unrhyw beth o flaen Miss Ellis, rhag ofn i honno gael cyfle i chwerthin am ei phen eto. Yna trodd Mrs Eben at ddesg Miss Ellis, ac yno yn ei llaw roedd y llythyr pinc.

'Aha!' meddai Mrs Eben, ac roedd ei llais yn rhyfedd rhywsut, yn fwy caled. Fflachiodd un olwg ffyrnig ar Miss Ellis cyn dweud, 'Waeth i chi daflu'r llythyr pinc yna i'r bin, Miss Ellis, mae caniatâd Lois yma gen i. Fe arwyddodd ei chwaer fawr hi'r llythyr ddydd Sadwrn. Mi gadwa i hwn rhag ofn iddo fynd ar goll unwaith eto.' Yna trodd at y dosbarth, agor yr amlen a darllen:

'*Annwyl Mrs Eben,*
Yn dilyn diwrnod llwyddiannus iawn yn ysgol Glan Waun y prynhawn yma, hoffwn ddiolch i holl ddisgyblion a staff yr ysgol am eu diddordeb yn ein rhaglen deledu. Mae'n bleser gen i gyhoeddi y byddwn yn cynnig cyfle i un o'ch disgyblion ddod i'r stiwdio deledu yng Nghaernarfon i ffilmio un o benodau'r gyfres.'

Aeth sisial cyffrous trwy'r dosbarth a gallai Lois glywed ambell un y tu ôl iddi yn sibrwd enw Sara. Yna aeth Mrs Eben ymlaen:

'A fyddai'n bosibl felly i chi longyfarch Lois Jones ar gael ei dewis. Byddwn yn cysylltu â hi yn fuan i wneud y trefniadau.'

Chafodd Mrs Eben ddim cyfle i orffen cyn i bawb ddechrau cymeradwyo'n wyllt. Cododd Megan a churo cefn Lois, cododd rhai eraill a dod i'w llongyfarch, gwaeddodd Sleim 'hwrê', fedrai *o* hyd yn oed ddim meddwl am ddim byd arall i'w ddweud. Yna daeth Julie draw ati a'i llongyfarch yn swil.

'Diolch,' meddai Lois, a gwenu'n ôl, ond dal i eistedd ac edrych yn guchiog wnaeth Gemma. Wyddai Miss Ellis ddim beth i'w ddweud; daliai i eistedd y tu ôl i'w desg a'i hwyneb yn biws. Yna meddai, mewn rhyw lais gwichlyd, od:

'Wel, llongyfarchiadau iti wir, Lois. Pwy fasa'n meddwl . . . ' ac i ffwrdd â hi, gan adael Mrs Eben i roi trefn ar bawb.

Yn araf, dechreuodd pawb dawelu.

'Mae'n amser y gwasanaeth rŵan, blwyddyn saith,' meddai Mrs Eben. 'Dwi'n meddwl fod y Prifathro eisiau deud gair y bore yma, felly pawb i fynd i'r neuadd yn dawel,' a thyrrodd pawb yn swnllyd i lawr y coridor tua'r neuadd.

Fel roedden nhw'n dod allan o'r dosbarth, daeth Dafydd a Jac heibio. Aeth Dafydd heibio iddi heb gymryd dim sylw o'i chwaer, ond arafodd Jac nes ei fod o'n cerdded efo Lois am funud.

'Wyt ti'n dod i'r parc heno, Lois?' gofynnodd. Nodiodd hithau'n fud. 'Wela i di tua chwech 'ta . . . , iawn?' meddai'n ddistaw, a rhoddodd wên fendigedig iddi cyn brysio yn ei flaen.

'Be oedd *o* isio?' gofynnodd Elin.

'Dim!' meddai Lois, yna hyrddiodd rhywun yn eu herbyn.

'Esu, da Lois! A doedd dy nain di ddim yno i glapio i ti na dim! Ella os gofynni di'n neis, gei di fenthyg sgidia sodla uchel Sara ar gyfer dy drip i'r stiwdio!' gwaeddodd Steve.

'Ella!' meddai Lois, a gwenodd yn ôl ar Steve fel roedd Gemma yn mynd heibio i gadw'i ffon hoci.

'W! Neis! Edrychwch, maen nhw'n siwtio'i gilydd. Maen nhw *in love* – y sleim bom a'r seren!' meddai Gemma'n sbeitlyd.

'O cau dy geg am unwaith!' meddai Julie. 'Neu stwffia'r ffon hoci 'na i mewn iddi i ni gael dipyn bach o heddwch o gwmpas y lle 'ma.'

Ond y bore hwnnw doedd dim byd yn poeni Lois, a fedrai geiriau Gemma frifo dim arni. Doedd hyd yn oed cael ei gadael yn y ffreutur i gael cinio efo Steve Sleim ddim yn ei phoeni. Roedd hi wedi cael rhan yn y gyfres deledu, roedd Alys wedi dod adre, a doedd 'na ddim ond wyth awr i fynd tan chwech o'r gloch.